AF498614

Fjodor Michailowitsch Dostojewski, Nikolai Leskow, Fjodor Sologub...

Der russische Christ: Ausgewählte Geschichten von Tolstoi, Dostojewski, Tschechow, Turgenjew und andere russische Meister)

e-artnow 2018

Henryk Sienkiewicz
Sintflut (Historischer Roman)

Fjodor Michailowitsch Dostojewski
Der Großinquisitor

Walter Scott
Der Talisman: Historischer Roman aus dem Zeitalter der Kreuzzüge

Leopold von Sacher-Masoch
Gesammelte Werke: Romane + Novellen + Autobiografie

Lewis Wallace
Ben Hur: Eine Geschichte aus der Zeit Christi

G. K. Chesterton
Father Brown: Gesammelte Kriminalgeschichten

Fjodor Michailowitsch Dostojewski, Nikolai Leskow
Der russische Christ: Ausgewählte Geschichten von Tolstoi, Dostojewski, Tschechow, Turgenjew und andere russische Meister)

Selma Lagerlöf
Gesammelte Werke: Romane + Erzählungen + Sagen (86 Titel in einem Buch): Weltberühmte Werke der schwedischen Nobelpreisträgerin: ...vom Moorhof + Der Luftballon und viel mehr

Franz Werfel
Der veruntreute Himmel

Franz Werfel
Stern der Ungeborenen (Science-Fiction-Roman): Zukunftsreiseepos des Autors von "Die vierzig Tage des Musa Dagh"

Fjodor Michailowitsch Dostojewski, Nikolai Leskow, Fjodor Sologub...

Der russische Christ: Ausgewählte Geschichten von Tolstoi, Dostojewski, Tschechow, Turgenjew und andere russische Meister)

Übersetzer: Alexander Eliasberg

e-artnow, 2018
ISBN 978-80-273-1651-9

Autoren

Fjodor Michailowitsch Dostojewski
Nikolai Leskow
Fjodor Sologub
Leo Tolstoi
Anton Pavlovich Tschechow
Iwan Turgenjew

Inhaltsverzeichnis

Fjodor M. Dostojewski: Aus der Lebensgeschichte des in Gottverschiedenen Hieromonachen, des Starez Sossima

A. Vom Jüngling, dem Bruder des Starez Sossima

Geliebte Väter und Lehrer, ich wurde in einem fernen nördlichen Gouvernement, in der Stadt W. als Sohn eines adligen, aber weder sehr vornehmen, noch im Range hochstehenden Vaters geboren. Er hatte meiner Mutter ein kleines hölzernes Haus und einiges Vermögen hinterlassen, das zwar nicht groß, aber hinreichend war, um sie mit den Kindern zu ernähren. Mütterchen hatte zwei Kinder: mich, Sinowij und meinen älteren Bruder, Markell. Er war etwa acht Jahre älter als ich, heftig und reizbar, aber gut, gar nicht spöttisch und merkwürdig schweigsam, besonders zu Hause, im Umgange mit mir, mit der Mutter und mit den Dienstboten. Im Gymnasium lernte er gut, schloß sich aber keinem seiner Mitschüler an, obwohl er sich mit ihnen auch nicht zankte; so berichtete wenigstens unsere Mutter von ihm. Sin halbes Jahr vor seinem Tode, als er schon das siebzehnte Lebensjahr erreicht hatte, pflegte er oft einen einsam in unserer Stadt lebenden Menschen zu besuchen, der als politischer Verbrecher angesehen wurde und wegen seiner Freigeistigkeit aus Moskau in unsere Stadt verbannt worden war. Dieser Verbannte war kein geringer Gelehrter und ein bedeutender Philosoph an der Universität gewesen. Aus irgendeinem Grunde gewann er meinen Bruder Markell lieb und empfing ihn bei sich. Der Jüngling verbrachte bei ihm ganze Abende, den ganzen Winter lang, bis man den Verbannten auf seine eigene Bitte nach Petersburg in den Staatsdienst zurückrief, denn er hatte Protektion. Es begannen die großen Fasten, Markell wollte aber nicht fasten, lästerte und spottete: »Das ist alles Unsinn, denn es gibt keinen Gott.« Damit erschreckte er die Mutter und die Dienstboten, und auch mich trotz meines kindlichen Alters; ich war zwar erst neun Jahre alt, erschrak aber sehr, als ich diese seine Worte hörte. Unsere Dienstboten waren lauter Leibeigene, vier Seelen, die mir auf den Namen eines uns bekannten Gutsbesitzers gekauft hatten. Ich erinnere mich noch, wie Mütterchen eine von diesen vier, die Köchin Afimja, eine hinkende ältere Frau, für sechzig Rubel in Assignaten verkaufte und an ihre Stelle eine freie Dienstmagd nahm. In der sechsten Woche der Fasten wurde mein Bruder plötzlich krank; er war aber immer kränklich, brustleidend, von einer schwächlichen Konstitution und zur Schwindsucht geneigt gewesen; von Wuchs war er nicht klein, aber schmächtig und schwächlich, dabei recht hübsch. Vielleicht hatte er sich erkältet, aber der Doktor, der gerufen wurde, flüsterte Mütterchen sofort zu, daß es die galoppierende Schwindsucht sei, und daß er den Frühling wohl nicht mehr erleben würde. Die Mutter fing zu weinen an und bat den Bruder mit Vorsicht (um ihn nicht zu erschrecken), er möchte sich auf die Beichte vorbereiten und das heilige Abendmahl empfangen, denn er lag damals noch nicht. Als er das hörte, wurde er böse, beschimpfte die Kirche Gottes, wurde jedoch nachdenklich: er erriet sofort, daß er gefährlich krank sei und daß die Mutter ihn nur darum in die Kirche schicke, solange er noch die Kraft habe, sich auf die Beichte und auf das Abendmahl vorzubereiten. Er wußte übrigens auch selbst, daß er seit langem krank war, und hatte schon einmal ein Jahr vorher der Mutter und mir bei Tisch kaltblütig gesagt: »Ich bleibe nicht mehr lange bei euch auf dieser Erde, vielleicht sterbe ich noch in diesem Jahre;« diese Worte waren prophetisch. Es vergingen drei Tage, und es begann die Karwoche. Da fing mein Bruder am Dienstag an, zu fasten und in die Kirche zu gehen. »Ich tue es eigentlich nur Ihretwegen, Mütterchen, um Ihnen Freude zu machen und Sie zu beruhigen«, sagte er ihr. Die Mutter weinte vor Freude, aber auch vor Kummer: »Sein Ende ist wohl nahe,« sagte sie, »wenn mit ihm eine solche Wandlung geschehen ist.« Er ging aber nicht mehr lange in die Kirche, so daß die Beichte und das Abendmahl im Hause vollzogen wurden. Es waren heitere, klare, duftende Tage angebrochen, es war ein spätes Osterfest, jede Nacht hustete er, wie ich mich erinnere, und schlief schlecht, kleidete sich aber jeden Morgen an und versuchte sich in einen weichen Sessel zu setzen. So blieb er mir in Erinnerung: er sitzt still und mild da, lächelt, ist ganz krank, das Gesicht ist aber freudig und lustig. Seelisch hatte er sich ganz verändert – eine so wunderbare Wandlung hatte sich in ihm vollzogen! Die alte Kinderfrau kommt zu ihm ins Zimmer und bittet: »Erlaube, Liebster, daß ich bei dir vor dem Heiligenbild das Lämpchen anzünde.« Früher hatte er das niemals geduldet, hatte das Lämpchen sogar ausgeblasen. – »Zünde es nur an, Liebste, zünde es an. Ich war ein Ungeheuer, daß ich es euch früher wehrte. Wenn du das Lämpchen vor Gott anzündest, betest du, und ich bete, wenn ich mich über dich freue, so beten wir zum gleichen Gott.« Sonderbar erschienen uns diese Worte. Die Mutter ging oft auf ihr Zimmer und weinte immerfort; nur bevor sie zu ihm eintrat, wischte sie sich die Augen ab und machte ein frohes Gesicht. »Mütterchen, Liebste, weine nicht,« pflegte er ihr zu sagen, »ich werde noch lange mit euch leben, werde mich viel mit euch freuen, das Leben, das Leben ist so voller Lust und Freude!« – »Ach, Liebster, was ist denn das für eine Freude, wenn du die ganze Nacht im Fieber liegst und so hustest, daß dir beinahe die Brust zerspringt.« – »Mama,« antwortete er ihr, »weine nicht, das Leben ist ein Paradies, und wir alle sind im Paradies, wir wollen es nur nicht wissen; aber wenn wir es begreifen wollten, so würde morgen auf der ganzen Welt das Paradies sein.« Und alle staunten über seine Worte: so sonderbar und so überzeugt sagte er das alles; alle weinten vor Rührung. Wenn Bekannte zu uns kamen, so sagte er: »Ihr Lieben, Teuren, wodurch habe ich es verdient, daß ihr mich liebt? Wofür liebt ihr mich, der ich solch ein Mensch bin, und warum habe ich es nicht früher gewußt und geschätzt!« Den eintretenden Dienstboten sagte er jeden Augenblick: »Meine Lieben, Teuren, warum dient ihr mir, bin ich es denn wert, daß ihr mir dient? Wenn Gott sich meiner erbarmt und mich am Leben läßt, so werde ich selbst euch dienen, denn alle Menschen müssen einander dienen.« Wenn Mütterchen das hörte, schüttelte sie den Kopf und sagte: »Mein Lieber, das kommt von deiner Krankheit, daß du so sprichst!« – »Mama, du meine Freude, es geht wohl nicht, daß es keine Diener und keine Herren gäbe, aber dann will ich der Diener meiner Diener sein, so wie sie meine Diener sind. Ich will dir auch noch dieses sagen, Mütterchen: ein jeder von uns ist in allen Dingen vor allen schuldig, und ich bin es noch mehr als die andern.« Mütterchen lächelte sogar über diese Worte; sie weinte und lächelte. »Warum«, sagte sie, »bist du schuldiger als die andern? Da gibt es Mörder und Missetäter; wann hast du aber Zeit gehabt, so viel zu sündigen, daß du dich mehr als alle anklagst?« – »Mütterchen, mein Bluttröpfchen (er fing damals an, so ganz ungewohnte Koseworte zu gebrauchen), du mein liebes Bluttröpfchen, meine Freude, wisse, daß ein jeder in allem und vor allen in Wahrheit schuldig ist. Ich weiß nicht, wie ich es dir erklären soll, aber ich fühle mit Schmerzen, daß es so ist. Wie haben wir nur so leben und immer zürnen können und haben es nicht gewußt?« So erhob er sich jeden Morgen von seinem Lager, jeden Morgen von größerer Rührung und Freude erfüllt und ganz vor Liebe zitternd. Wenn der alte Doktor, der Deutsche Eisenschmied, zu uns kam, scherzte er mit ihm: »Nun, Doktor, werde ich noch einen Tag auf dieser Welt leben?« – »Nicht nur einen Tag, sondern viele Tage werden Sie noch leben,« pflegte ihm der Doktor zu antworten, »Monate und Jahre werden Sie noch leben.« – »Ach, was, Jahre und Monate!« rief er dann aus: »Was soll man die Tage zählen; ein einziger Tag genügt dem Menschen, um das ganze Glück zu erfahren. Meine Lieben, was streiten wir uns, was prahlen wir voreinander und denken an jede Kränkung: wollen mir doch einfach in den Garten gehen, wollen wir lustwandeln und spielen, einander lieben und preisen, uns küssen und unser Leben segnen.« – »Ihr Sohn bleibt nicht mehr lange am Leben,« sagte der Doktor zur Mutter, wenn sie ihn auf die Treppe begleitete; »er wird vor Krankheit wahnsinnig.« Die Fenster seines Zimmers gingen nach dem Garten, wir hatten einen schattigen Garten mit alten Bäumen, die Bäume waren voller Knospen, die ersten Frühlingsvögel kamen geflogen und zwitscherten und sangen vor seinen Fenstern. Indem er sie mit Freude ansah, fing er plötzlich an, sie um Verzeihung zu bitten: »Ihr Vöglein Gottes, ihr frohen Vöglein, verzeiht mir, denn ich habe auch vor euch gesündigt.« Das konnte aber niemand von uns verstehen, doch er weinte vor Freude: »Ja,« sagte er, »es war Gottes Pracht um mich herum: Vöglein, Bäume, Wiesen, der Himmel, und ich allein habe in Schande gelebt, ich allein habe alles geschändet und die Schönheit und Pracht gar nicht bemerkt.« – »Du nimmst viel zu viel Sünden auf dich,« sagte ihm die Mutter weinend darauf. – »Mütterchen, meine Freude, ich weine doch vor Lust und nicht vor Kummer;

ich möchte ja selbst vor ihnen allen schuldig sein, ich kann es dir nur nicht erklären, denn ich weiß gar nicht, wie ich sie lieben soll. Mag ich vor allen schuldig sein, dafür werden mir aber auch alle verzeihen, und das ist das Paradies. Bin ich denn jetzt nicht im Paradies?«

Vieles sagte er noch, aber an alles kann ich mich nicht mehr erinnern und kann auch alles nicht aufzeichnen. Ich entsinne mich noch: einmal trat ich allein zu ihm ins Zimmer, als niemand bei ihm war. Es war eine heitere Abendstunde, die Sonne ging unter und beleuchtete das ganze Zimmer mit einem schrägen Strahl. Als er mich sah, winkte er mich zu sich heran, und ich kam näher; er faßte mich mit beiden Händen an den Schultern, sah mir gerührt und liebevoll ins Gesicht, sagte aber nichts, sah mich nur eine Weile so an. Dann sagte er: »Jetzt geh, spiele, lebe an meiner Statt!« Ich ging hinaus und spielte. In meinem späteren Leben gedachte ich oft unter Tränen, wie er mir befohlen hatte, an seiner Statt zu leben. Er sprach noch viele solche wunderbare und herrliche, wenn auch uns damals unverständliche Worte. Er verschied in der dritten Woche nach Ostern, bei vollem Bewußtsein. In den letzten Tagen sprach er zwar nicht mehr, veränderte sich aber bis zu seiner letzten Stunde nicht: er blickte freudig, aus seinen Augen strahlte die Freude, er suchte uns mit den Blicken, lächelte uns zu und rief uns. Über seinen Tod sprach man sogar in der Stadt. Dies alles hatte mich damals erschüttert, aber nicht allzusehr, obwohl ich bei seiner Beerdigung viel weinte. Ich war damals nach jung und ein Kind, aber alles blieb unauslöschlich in meinem Herzen, das Gefühl barg sich tief in meiner Brust. Dies alles mußte einmal auferstehen und seine Stimme erheben. Und so geschah es auch.

So war ich mit meinem Mütterchen allein geblieben. Die guten Bekannten kamen bald mit ihrem Rat: »Ihnen ist ja noch ein Söhnchen geblieben, und sie sind nicht arm, haben ein Kapital – warum sollen Sie nicht, wie es die anderen tun, Ihren Sohn nach Petersburg schicken? Wenn Sie hier bleiben, so berauben Sie ihn vielleicht seines Glückes.« So gerben sie Mütterchen den Gedanken ein, mich nach Petersburg in das Kadettenkorps zu bringen, damit ich später in die kaiserliche Garde eintrete. Mütterchen schwankte einige Zeit: wie trennt man sich von seinem einzigen Sohne? Zuletzt entschloß sie sich aber dazu, wenn auch nicht ohne Tränen, denn sie glaubte, auf diese Weise mein Glück zu fördern. Sie brachte mich nach Petersburg und gab mich ins Kadettenkorps; seitdem sah ich sie nicht mehr, denn nach drei Jahren starb sie selbst; die ganzen drei Jahre hatte sie aber uns beide beweint und für mich gezittert. Aus dem Elternhause habe ich die kostbarsten Erinnerungen mitgenommen, denn der Mensch hat keine kostbareren Erinnerungen, als die der ersten Kindheit im Elternhause, und das ist fast immer so, wenn es in der Familie auch nur ein wenig Liebe und Einigkeit gibt. Man kann sogar selbst aus der schlechtesten Familie kostbare Erinnerungen bewahren, wenn nur die Seele fähig ist, das Kostbare zu suchen. Zu den häuslichen Erinnerungen zähle ich auch die Erinnerungen an die Biblische Geschichte, für die ich mich im Elternhause schon als kleines Kind interessierte. Ich hatte damals ein Buch, eine Biblische Geschichte mit schönen Bildern, mit dem Titel: »Einhundertundvier biblische Geschichten aus dem Alten und Neuen Testament,« und aus diesem Buche lernte ich lesen. Ich habe es auch heute noch auf meinem Bücherbrett liegen und verwahre es als kostbares Andenken. Aber noch bevor ich das Lesen erlernt hatte, überkam mich einmal, als ich erst acht Jahre alt war, eine geistige Erleuchtung. Mütterchen führte mich einmal allein (ich weiß nicht mehr, wo mein Bruder damals war) am Montag in der Karwoche zur Messe in die Kirche Gottes. Es war ein heiterer Tag, und ich erinnere mich heute noch, wie aus dem Räucherfaß der Weihrauch aufstieg und leise in die Höhe schwebte, von oben aber, aus dem schmalen Fensterchen in der Kuppel die Strahlen Gottes sich über uns ergossen und der Weihrauch, in Wolken aufsteigend, in ihnen gleichsam schmolz. Ich blickte gerührt und nahm zum erstenmal in meinem Leben das erste Samenkorn des Wortes Gottes in meine Seele auf. In die Mitte der Kirche trat ein Knabe mit einem großen Buche, einem so großen, daß er, wie mir schien, es mit Mühe trug; er legte es aufs Pult, schlug es auf und begann zu lesen, und plötzlich begriff ich etwas, begriff zum erstenmal in meinem Leben, was in der Kirche Gottes gelesen wird. Es war ein Mann im Lande Uz, schlecht und recht und gottesfürchtig, und er besaß großen Reichtum, so und so viele Kameele, so und so viele Schafe und Esel, und seine Söhne lebten in Freuden, und er liebte sie sehr und betete zu Gott für sie; vielleicht sündigten sie in ihrem Wohlleben. Und es kam der Satan zugleich mit den Kindern Gottes vor den Thron Gottes und sprach zum Herrn und sagte, er hätte das Land umher gezogen. »Hast du nicht acht gehabt auf meinen Knecht Hiob?« fragte ihn der Herr. Und der Herr rühmte sich vor dem Satan, indem er auf seinen großen, heiligen Knecht wies. Und der Satan lachte über die Worte des Herrn: »Überliefere ihn mir, und du wirst sehen, daß dein Knecht murren und deinen Namen verfluchen wird.« Und der Herr überlieferte dem Satan seinen Gerechten, den er so liebte, und der Teufel ging hin und schlug seine Kinder und sein Vieh, und vernichtete seinen ganzen Reichtum wie durch einen Sturmwind Gottes. Und Hiob zerriß sein Kleid und fiel auf die Erde, und betete an und sprach: »Ich bin nackend von meiner Mutter Leibe gekommen, nackend werde ich wieder dahin fahren. Der Herr hat es gegeben, der Herr hat es genommen, der Name des Herrn sei gelobet!« Meine Väter und Lehrer, verzeiht meine jetzigen Tränen, denn meine ganze Kindheit ersteht jetzt wieder vor mir, und ich atme, wie ich damals mit meiner achtjährigen Brust geatmet habe, und ich fühle wie damals Erstaunen, Bestürzung und Freude. Auch die Kameele beschäftigten damals meine Gedanken, und der Satan, wie er mit dem Herrn sprach, und der Herr, der seinen Knecht dem Verderben überlieferte, und sein Knecht, welcher rief: »Dein Name sei gelobet, obwohl du mich schlägst!« – und dann der leise und süße Gesang in der Kirche: »Mein Gebet werde erhöret«, und wieder der Weihrauch aus dem Räucherfasse des Priesters und das Gebet auf den Knieen. Seit damals – sogar gestern nahm ich sie wieder zur Hand – kann ich diese heilige Erzählung nicht ohne Tränen lesen. Wieviel Großes, Geheimes, Unfaßbares liegt darin! Später hörte ich die Worte der Spötter und Lästerer, hochmütige Worte: »Wie konnte bloß der Herr den liebsten seiner Heiligen dem Satan zum Spiel überliefern, ihm seine Kinder nehmen, ihn selbst mit einer Krankheit und mit bösen Schwären so schlagen, daß er einen Scherben nahm, um sich zu schaben; und das nur, um vor dem Satan prahlen zu können: »Sieh, was mein Heiliger um meinetwillen leiden kann!« Das ist eben so groß, daß hier ein Geheimnis ruht, daß das vergängliche irdische Gesicht und die ewige Wahrheit sich hier berühren. Vor dem Antlitze der irdischen Wahrheit vollzieht sich hier die ewige Wahrheit. Wie in den ersten Tagen der Schöpfung, als Er jeden Tag mit dem Lobe schloß: »Siehe, es ist gut!«, sieht der Schöpfer Hiob an und rühmt sich wieder seiner Schöpfung. Und Hiob dient, indem er Gott lobt, nicht nur Ihm, sondern seiner ganzen Schöpfung von Geschlecht zu Geschlecht, in alle Ewigkeit, denn dazu war er ausersehen. Mein Gott, was ist das für ein Buch, und was für Lehren schöpft man daraus! Was für ein Buch ist doch diese Heilige Schrift, was für ein Wunder und was für eine Kraft sind dem Menschen mit ihr gegeben! Es ist wie eine aus Stein gemeißelte Darstellung der Welt und des Menschen und der menschlichen Charaktere, und alles ist benannt und in alle Ewigkeit gezeigt. Und wie viele ungelöste und gelöste Geheimnisse: der Herr richtet Hiob wieder auf, gibt ihm seinen Reichtum wieder, es vergehen viele Jahre, und Hiob hat schon neue Kinder, die er liebt. Mein Gott: Wie kann er bloß diese Neuen liebgewinnen, wenn jene, die er verloren hat, nicht mehr sind? Wenn er sich jener erinnert, kann er denn mit diesen Neuen vollkommen glücklich sein, und wenn sie ihm auch noch so teuer sind? Aber das ist möglich, möglich: der alte Schmerz geht durch das große Geheimnis des menschlichen Lebens allmählich in eine stille fromme Freude über; an Stelle des jugendlichen heißen Blutes kommt das milde, heitere Alter; ich segne den täglichen Aufgang der Sonne, und mein Herz lobpreist ihn wie früher; aber noch mehr liebe ich jetzt ihren Untergang, ihre langen schrägen Strahlen und mit ihnen die stillen, sanften, frommen Erinnerungen, die lieben Bilder des ganzen langen und gesegneten Lebens, und über allem leuchtet die rührende, versöhnende, allverzeihende Wahrheit Gottes! Mein Leben geht zu Ende, ich weiß und höre es, aber ich fühle es mit jedem mir noch bleibenden Tage, wie mein irdisches Leben sich mit einem neuen, unendlichen, unbekannten aber nahen kommenden Leben berührt, in dessen Vorahnung meine Seele vor Entzücken zittert, der Geist leuchtet und das Herz freudig weint ... Meine Freunde und Lehrer, ich habe mehr als einmal gehört und höre in der letzten Zeit immer öfter, daß bei uns die Priester Gottes, besonders die auf dem Lande, sich bitter über ihren geringen Unterhalt und ihre Erniedrigung beklagen und offen erklären, sogar in den Zeitungen – ich habe es selbst gelesen – daß sie dem Volke die Schrift nicht mehr auslegen können, weil ihr Gehalt zu gering sei; wenn die Lutherischen und die Ketzer kommen und ihnen ihre Herde abspenstig machen, so möchten sie es nur tun, denn ihr Gehalt sei zu gering. Mein Gott! Ich denke mir: Möge Gott doch ihr Gehalt, das ihnen so kostbar ist, vermehren (denn ihre Klage ist berechtigt), aber ich sage in Wahrheit: wenn jemand schuld ist, so sind wir es zur Hälfte selbst! Denn mag der Priester keine Zeit haben, mag sein Einwand gerecht sein, daß er von seiner Arbeit und den Amtspflichten erdrückt werde; aber doch nicht die ganze Zeit: er muß doch wenigstens eine Stunde in der Woche haben, um an Gott zu denken. Seine Arbeit dauert auch nicht das ganze Jahr. Soll er doch wenigstens einmal in der Woche zuerst nur die Kinder bei sich versammeln; wenn es die Väter hören, so werden auch die Väter zu ihm kommen. Man braucht auch keinen Palast dazu zu errichten, er kann sie einfach in seiner Stube empfangen; er braucht auch nicht zu fürchten, daß sie ihm seine Stube verunreinigen; sie kommen doch bloß für eine Stunde. Er schlage das Buch auf und beginne, ohne allzu kluge Worte und ohne Hochmut, ohne Überhebung, sondern fromm und mild zu lesen, von der Freude erfüllt, daß er ihnen vorliest und sie ihm zuhören und ihn verstehen; er liebe selbst diese Worte, mache nur hier und da eine Unterbrechung und erkläre manches dem einfachen Manne unverständliche Wort; er kann unbesorgt sein: sie werden alles begreifen, alles wird ins rechtgläubige Herz eindringen! Er lese ihnen von Abraham und Sarah, von Isaak und Rebekka, und wie Jakob zu Laban ging und im Schlafe mit dem Herrn rang und wie er sagte: »Wie heilig ist diese Stätte!« – und er wird damit den einfachen frommen Geist des einfachen Mannes erschüttern. Er lese ihnen, besonders den Kindern, wie die Brüder ihren leiblichen Bruder, den lieben Jüngling Joseph, den Traumdeuter und Propheten in die Knechtschaft verkauften, dem Vater aber sagten, ein wildes Tier habe seinen Sohn zerrissen, und ihm den blutbefleckten Rock Josephs zeigten. Er lese, wie die Brüder später nach Ägypten kamen, um Getreide zu kaufen, und Joseph, der schon ein mächtiger Statthalter war, den sie nicht erkannten, sie quälte, verleumdete und den Bruder Benjamin zurückhielt, und das alles aus Liebe: »Ich liebe euch und quäle euch, weil ich euch liebe.« Denn er hatte sein ganzes Leben lang ununterbrochen daran gedacht, wie sie ihn in der glühenden Wüste beim Brunnen den Händlern verkauft hatten und wie er händeringend geweint und seine Brüder angefleht hatte, ihn nicht in die Knechtschaft in ein fremdes Land zu verkaufen; als er sie aber nach so vielen Jahren wiedersah, fühlte er wieder eine große Liebe zu ihnen, aber er quälte sie und peinigte sie, und das alles aus Liebe. Endlich kann er seine Herzensqual nicht mehr ertragen, er geht von ihnen, wirft sich auf sein Lager und weint; dann wäscht er sich sein Gesicht, tritt heiter und leuchtend vor sie und verkündet ihnen: »Brüder, ich bin Joseph, euer Bruder!« Er lese dann weiter, wie der alte Jakob sich freute, als er erfuhr, daß sein lieber Junge noch lebe, wie er sein Vaterland verließ und nach Ägypten zog und wie er in der Fremde starb, nachdem er in seinem Vermächtnis das größte Wort für alle Ewigkeit ausgesprochen, das Wort, das während seines ganzen Lebens geheimnisvoll in seinem kurzsichtigen und furchtsamen Herzen gewohnt hatte; daß aus seinem Geschlechte, von Judas die große Hoffnung der Welt, der Friedensbringer und Heiland kommen würde! Meine Väter und Lehrer, verzeiht und zürnt mir nicht, daß ich wie ein kleines Kind von diesen Dingen spreche, die ihr schon längst kennt und die ihr mich hundertmal kunstvoller und schöner lehren könntet. Ich sage das nur aus Begeisterung, und verzeiht mir meine Tränen, denn ich liebe dieses Buch! Soll auch er, der Priester Gottes weinen, und er wird sehen, wie die Herzen der Zuhörer erzittern werden. Es genügt ein kleines, winziges Samenkorn: wenn man es in die Seele des einfachen Mannes wirft, so wird es nicht verderben, sondern in der Seele sein ganzes Leben lang bleiben und in ihm in der Finsternis, im Gestank seiner Sünden als ein leuchtender Punkt, als eine große Ermahnung fortleben. Und es ist gar nicht nötig, gar nicht nötig, viel zu erklären und zu lehren – er wird alles einfach begreifen. Glaubt ihr, der einfache Mann werde es nicht verstehen? Versucht doch und lest ihm ferner die rührende und ergreifende Geschichte von der schönen Esther und der hochmütigen Vasthi; oder die wunderbare Sage vom Propheten Jonas im Bauche des Walfisches. Vergeßt auch nicht die Gleichnisse des Herrn, vorzugsweise nach dem Evangelium Lukas (so habe ich es gemacht), und dann aus der Apostelgeschichte die Bekehrung Sauls (dieses unbedingt, unbedingt!), und schließlich aus der Heiligenlegende wenigstens die Lebensgeschichte Alexejs des Mannes Gottes und der allergrößten, freudevollen Dulderin, der Gottseherin und Heilandträgerin, der Ägyptischen Maria – und ihr werdet mit diesen einfachen Erzählungen sein Herz durchdringen – und das alles in einer Stunde in der Woche, trotz des geringen Gehaltes, in einer einzigen Stunde. Und der Priester wird selbst sehen, daß unser Volk barmherzig und dankbar ist, und daß es ihm hundertfältig danken wird; eingedenk des Eifers des Priesters und seiner frommen Worte wird es ihm freiwillig auf seinem Acker helfen, wird ihm auch in seinem Hause helfen, es wird ihm viel mehr Achtung zollen als früher, und so wird sein Gehalt vergrößert werden. Diese Sache ist so einfach, daß wir zuweilen fürchten, es auszusprechen, denn man wird uns auslachen, und doch ist sie so wahr und sicher! Wer an Gott nicht glaubt, der wird auch an das Volk Gottes nicht glauben. Wer aber an das Volk Gottes glaubt, der wird auch die Helligkeit Gottes schauen, auch wenn er an sie bisher nicht geglaubt hat. Nur das Volk und seine künftige Kraft wird unsere von der heimatlichen Erde losgerissenen Atheisten bekehren. Was bedeutet auch das Wort Christi ohne ein Beispiel? Das Volk muß ohne das Wort Gottes zugrunde gehen, denn seine Seele lechzt nach dem Worte und nach jedem schönen Eindruck. In meiner Jugend, es ist schon lange her, beinahe vierzig Jahre, durchwanderte ich mit P. Ansim ganz Rußland, um Spenden für das Kloster zu sammeln; einmal übernachteten wir mit Fischern am Ufer eines großen schiffbaren Flusses, und zu uns setzte sich ein wohlgestalteter Jüngling aus dem Bauernstande, dem Aussehen nach achtzehnjährig; er eilte an einen gewissen Ort, um am nächsten Morgen eine Kaufmannsbarke an der Leine zu schleppen. Ich sehe, er blickt andächtig und heiter vor sich hin. Die Julinacht ist hell, still und warm, der Strom ist breit, ein Nebel steigt von ihm auf und erfrischt uns, ab und zu plätschert darin leise ein Fischchen, die Vöglein sind verstummt, alles ist still und herrlich, alles betet zu Gott. Nur wir beide schlafen nicht, ich und der Jüngling; wir sprechen von der Schönheit dieser Gotteswelt und von ihrem großen Geheimnis. Jeder Grashalm, jedes Käferchen, jede Ameise und jede goldene Biene, alle kennen, ohne Vernunft zu besitzen, erstaunlich gut ihren Weg, alle zeugen von dem Geheimnisse Gottes und erfüllen es ununterbrochen selbst; ich sehe, daß das Herz des lieben Jünglings entbrannt ist. Er erzählt mir, daß er den Wald liebe und die Vöglein des Waldes; er sei Vogelfänger gewesen, hätte jedes Gezwitscher gekannt und jedes Vöglein anzulocken verstanden. »Ich kenne nichts Schöneres,« sagte er mir, »als im Walde zu sein, aber auch alles andere ist schön.« – »Wahrlich,« antwortete ich ihm, »alles ist schön und herrlich, denn alles ist die Wahrheit, schau nur das Pferd an,« sagte ich ihm, »das große Tier, das dem Menschen nahesteht, oder den Ochsen, der den Menschen ernährt und für ihn arbeitet, den nachdenklichen Ochsen mit dem gesenkten Kopf, schau ihre Gesichter an: welche Sanftmut, welche Anhänglichkeit an den Menschen, der das Tier oft erbarmungslos schlägt, welch eine Gutmütigkeit, Zutraulichkeit und Schönheit in diesen Gesichtern. Es ist sogar rührend zu wissen, daß gar keine Sünde in ihnen ist, denn alles ist vollkommen, alles außer dem Menschen ist sündlos, und Christus ist mit ihnen eher als mit uns.« – »Ist denn auch mit ihnen Christus?« fragte der Jüngling. – »Wie könnte es denn anders sein,« antwortete ich ihm, »denn für alle ist das Wort; die ganze Schöpfung und jede Kreatur, jedes Blatt strebt zum Wort, singt die Ehre Gottes, weint zu Christo und tut es, sich selbst unbewußt, durch das Geheimnis seines sündenlosen Daseins. Da haust im Walde der schreckliche Bär,« sage ich ihm, »er ist wild und grausam und doch unschuldig daran.« Und ich erzähle ihm, wie ein Bär einmal zu einem großen Heiligen kam, der im Walde, in einer kleinen Zelle sein Seelenheil rettete, wie der große Heilige voll Rührung furchtlos zu ihm hinausging, ihm ein Stück Brot reichte und sagte: »Geh, Christus sei mit dir!« und wie das wilde Tier gehorsam und sanft fortging und ihm nichts zuleide tat. Der Jüngling war ganz gerührt darüber, daß der Bär dem Heiligen nichts zuleide tat und fortging und daß auch mit ihm Christus war. »Ach,« sagte er, »wie schön ist das, und wie schön und wunderbar ist alles Göttliche!« Er saß da, in ein stilles, süßes Sinnen versunken. Ich sah, daß er mich verstanden hatte. Und er schlief leicht und sündlos an meiner Seite ein. Gott segne die Jugend! Und ich betete für ihn, bevor ich einschlief. Herr, sende Frieden und Licht deinen Menschen!

C. Erinnerungen an das Knabenalter und die Jugendjahre des Starez Sossima in seinem weltlichen Leben. Der Zweikampf

Im Kadettenkorps zu Petersburg blieb ich lange, fast acht Jahre, und die neue Erziehung schwächte viel von meinen Kindheitseindrücken ab, obwohl ich gar nichts vergaß. Statt dessen nahm ich so viel neue Angewohnheiten und sogar Anschauungen an, daß ich mich in ein fast wildes, grausames und dummes Wesen verwandelte. Ich eignete mir wohl mit der französischen Sprache auch den Schliff der Höflichkeit und des vornehmen Benehmens an, achtete aber, wie alle meine Kameraden, die Soldaten, die uns im Kadettenkorps dienten, für Vieh. Ich vielleicht noch mehr als die andern, denn ich war der empfänglichste von allen Kameraden. Als wir mit dem Offiziersrange die Anstalt verließen, waren wir bereit, für die verletzte Regimentsehre unser Blut zu vergießen, von der wahren Ehre hatte aber fast niemand von uns eine Ahnung, und wenn jemand hörte, was die wahre Ehre bedeutet, so würde er sie als erster verlachen. Auf unsere Trunksucht, Ausgelassenheit und Keckheit waren wir beinahe stolz. Ich will gar nicht sagen, daß alle diese jungen Menschen schlecht gewesen wären; sie waren gut, benahmen sich nur schlecht, und ich schlechter als alle. Die Hauptsache war, daß ich ein eigenes Kapital zur Verfügung hatte, und darum fing ich an, nur für mein Vergnügen zu leben und ließ meinem ganzen jugendlichen Drange unaufhaltsam freien Lauf. Merkwürdig war aber das: ich las auch damals Bücher, sogar mit großem Vergnügen; nur die Bibel allein schlug ich während der ganzen Zelt fast kein einziges Mal auf, trennte mich aber niemals von ihr und führte sie überall mit mir: in Wahrheit, ich bewahrte dieses Buch auf, ohne es selbst zu wissen, »für einen Tag und für eine Stunde, für einen Monat und für ein Jahr«. Nachdem ich auf diese Weise an die vier Jahre gedient hatte, kam ich schließlich in die Stadt K., wo damals unser Regiment lag. Die Gesellschaft dieser Stadt war sehr bunt, zahlreich und luftig, gastfreundlich und reich, man empfing mich fast überall gut, denn ich war von Natur lustig und galt obendrein für nicht unbemittelt, was in der Welt nicht wenig bedeutet. So ereignete sich etwas, was der Anfang von allem Folgenden war. Ich verliebte mich in ein junges und hübsches, kluges und würdiges Mädchen von heiterem und edlem Charakter, die Tochter achtbarer Eltern. Diese waren recht angesehen und reich, hatten einen großen Einfluß und behandelten mich freundlich und liebenswürdig. Es kam mir plötzlich vor, daß das junge Mädchen mir zugetan sei, und mein Herz entbrannte bei diesem Gedanken. Später kam ich dahinter und begriff vollkommen, daß ich sie vielleicht gar nicht so glühend geliebt, sondern nur ihren Geist und ihren edlen Charakter verehrt hatte, wie es auch anders nicht sein konnte. Meine Eigenliebe hinderte mich damals, ihr einen Antrag zu machen: es erschien mir schwer und schrecklich, den Versuchungen des liederlichen und freien Junggesellenlebens in einem so jugendlichen Alter zu entsagen, besonders da ich ein Vermögen besaß. Aber ich machte ihr doch Andeutungen. Für jeden Fall schob ich jeden entscheidenden Schritt für einige Zeit hinaus. Da traf es sich, daß ich für zwei Monate in einen andern Landkreis abkommandiert wurde. Als ich nach zwei Monaten zurückkam, erfuhr ich, daß das Mädchen sich inzwischen verheiratet hatte, und zwar mit einem reichen Gutsbesitzer aus der nächsten Umgebung der Stadt, einem Manne, der an Jahren zwar älter als ich, aber noch jung war, Verbindungen in der Residenz und in der besten Gesellschaft, die mir fehlen, besaß, dazu auch liebenswürdig und obendrein gebildet war, während ich gar keine Bildung hatte. Dieses unerwartete Ereignis erschütterte mich so sehr, daß sich sogar mein Geist trübte. Die Hauptsache aber war, daß dieser junge Gutsbesitzer, wie ich damals erfuhr, mit dem Mädchen schon seit langem verlobt war und daß ich ihn sogar selbst sehr oft in ihrem Hause getroffen, aber einfach nichts bemerkt hatte, da ich so sehr von meinen eigenen Vorzügen geblendet war. Das kränkte mich auch am meisten: wieso haben es alle gewußt und nur ich allein nicht? Und ich fühlte in mir plötzlich eine unerträgliche Wut. Mit rotem Kopf dachte ich daran, wie ich ihr so oft meine Liebe beinahe gestanden, während sie mich weder unterbrochen noch gewarnt hatte; daraus schloß ich, daß sie sich über mich lustig gemacht habe, später sah ich natürlich ein und erinnerte mich, daß sie sich über mich gar nicht lustig gemacht hatte, sondern im Gegenteil alle solche Gespräche durch eine scherzhafte Wendung zu unterbrechen pflegte und auf andere Dinge zu sprechen kam; damals konnte ich es aber nicht einsehen, und in mir entbrannte Rachedurst. Ich erinnere mich mit Erstaunen, daß dieser Rachedurst und mein Zorn mir selbst äußerst schwer und widerwärtig waren, denn ich konnte bei meinem leichten Charakter niemals lange auf jemand böse sein; darum stachelte ich mich gleichsam selbst künstlich auf und wurde schließlich widerlich und dumm. Ich wartete auf den passenden Augenblick, und einmal gelang es mir, meinen »Nebenbuhler« in einer großen Gesellschaft aus einem ganz nebensächlichem Grunde zu beleidigen, indem ich seine Meinung über eine damals sehr wichtige Frage – dies spielte sich im Jahre 1826 ab – verlachte, und zwar, wie die Leute sagten, geistreich und geschickt. Dann provozierte ich ihn zu einer Erklärung und behandelte ihn anbei so grob, daß er meine Forderung annahm, trotz des großen Abstandes zwischen uns, denn ich war nicht nur jünger, sondern auch viel niedriger im Range als er. Später begriff ich, daß ihn zur Annahme meiner Forderung gleichfalls ein Gefühl Eifersucht bewogen hatte: er war auch früher schon, als Bräutigam, auf mich ein wenig eifersüchtig gewesen; nun glaubte er: wenn seine Frau erfährt, daß er eine Beleidigung von mir sich gefallen ließ, aber nicht den Mut hatte, mich zum Duell zu fordern, so wird sie ihn unwillkürlich verachten, und ihre Liebe kann ins Schwanken kommen. Einen Sekundanten besorgte ich mir sehr bald: es war ein Kamerad von mir, ein Leutnant von unserem Regiment. Duelle wurden damals zwar streng verfolgt, aber beim Militär waren sie dennoch Mode – so wilde Vorurteile können sich manchmal festsetzen und Wurzel fassen. Es war Ende Juni, wir sollten uns am nächsten Morgen um sieben Uhr vor der Stadt treffen – und da passierte mir etwas wirklich Verhängnisvolles. Als ich am Abend wütend und wild nach Hause zurückkehrte, ärgerte ich mich über meinen Burschen Afanassij und schlug ihn mit ganzer Kraft zweimal ins Gesicht, daß er blutete. Er war schon lange in meinen Diensten, und es kam auch schon früher vor, daß ich ihn schlug, aber niemals noch hatte ich es mit solcher tierischen Grausamkeit getan. Glaubt es mir, meine Lieben, es sind schon vierzig Jahre darüber vergangen, und doch denke ich auch jetzt noch mit Scham und Qual daran zurück. Ich legte mich hin, schlief an die drei Stunden und erwachte beim Morgengrauen. Ich wollte nicht mehr schlafen, stand plötzlich auf, trat ans Fenster, öffnete es – mein Fenster ging nach dem Garten – und ich sah: die Sonne geht auf, es ist warm und schön, die Vöglein zwitschern. Ich frage mich: warum habe ich in meiner Seele ein so schändliches und gemeines Gefühl? Vielleicht weil ich im Begriff bin, Blut zu vergießen? Nein, denke ich mir, es scheint einen andern Grund zu haben. Vielleicht weil ich den Tod fürchte, weil ich getötet zu werden fürchte? Nein, es ist nicht das, es ist sogar etwas ganz anderes ... Plötzlich erriet ich, was es war: ich hatte gestern abend meinen Afanassij blutig geschlagen! Und ich durchlebte alles gleichsam von neuem: er steht vor mir, und ich schlage ihn aus aller Kraft ins Gesicht, er aber steht stramm, die Hände an der Hosennaht, hält den Kopf gerade, die Augen weit aufgerissen wie in der Front, er zuckt unter jedem meiner Schläge zusammen und wagt nicht einmal, die Hand zu erheben, um sich zu schützen – so weit hat der Drill den Menschen gebracht, und ein Mensch schlägt einen andern Menschen! Dieses Verbrechen! Es war mir, als ob eine spitze Nadel mein Herz durchbohrte. Ich stehe wie betäubt da, die Sonne aber strahlt, die Blätter freuen sich und glänzen, und die Vöglein, die Vöglein preisen den Herr ... Ich bedeckte mein Gesicht mit beiden Händen, warf mich aufs Bett und fing laut zu weinen an. Da erinnerte ich mich meines Bruders Markell und der Worte, die er vor seinem Tode zu den Dienstboten gesprochen hatte: »Meine Lieben, Teuren, warum dient ihr mir, bin ich es denn wert, daß ihr mir dient?« »Ja, bin ich es denn wert?« ging es mir plötzlich durch den Kopf. In der Tat, warum bin ich es wert, daß ein anderer Mensch, gleich mir ein Ebenbild Gottes, mir dient? So drang mir damals diese Frage zum ersten Male in meinem Leben in den Kopf. »Mütterchen, mein Bluttröpfchen, wisse, daß ein jeder in allem und vor allen in Wahrheit schuldig ist, die Menschen wissen es nur nicht, aber wenn sie es begreifen wollten, so würde morgen auf der ganzen Welt das Paradies sein!« »Mein Gott, ist denn das nicht wahr?« denke ich mir und weine: »Ich bin vielleicht in Wahrheit schuldiger und schlechter als alle Menschen auf der Welt!« Und plötzlich sah ich vor mir die

Wahrheit in ihrem ganzen Lichte: Was will ich eben tun? Ich will einen Menschen töten, einen guten, klugen, edlen Menschen, der vor mir keine Schuld hat, und seine Frau auf ewig ihres Glückes berauben und zu Tode quälen! So lag ich auf dem Bette, das Gesicht in das Kissen vergraben, und merkte gar nicht, wie die Zeit verging, plötzlich kam mein Kamerad, der Leutnant, mit den Pistolen, um mich abzuholen. »Es ist schön,« sagte er mir, »daß du schon auf bist! Es ist Zeit, wollen wir gehen.« Ich war erst ganz ratlos, aber wir traten schließlich aus dem Hause, um in den Wagen zu steigen. »Wart' eine Weile,« sagte ich ihm, »ich will noch schnell ins Haus, ich habe meinen Geldbeutel vergessen.« Ich lief allein in die Wohnung zurück, stracks in die Kammer zu Afanassij. »Afanassij,« sagte ich ihm, »ich habe dich gestern zweimal ins Gesicht geschlagen, verzeihe mir!« Er fuhr zusammen wie vor Schreck und starrte mich an; ich sehe, dass das noch zu wenig ist, und falle, so wie ich bin, in Epauletten, ihm zu Füßen und berühre mit der Stirne den Boden. »Verzeih mir!« sage ich ihm. Da war er ganz starr. »Euer Wohlgeboren, Väterchen, gnädiger Herr, wie können Sie nur... bin ich es denn wert...« Und er fing selbst zu weinen an, ganz wie ich vorhin, bedeckte das Gesicht mit beiden Händen, wandte sich zum Fenster und zitterte am ganzen Leibe vor Schluchzen. Ich lief aber hinaus zu meinem Kameraden, sprang in den Wagen und schrie: »Fahr zu! – Hast du schon einmal einen Sieger gesehen? Jetzt hast du einen vor dir!« Ein Entzücken hat sich meiner bemächtigt, ich lache während der ganzen Fahrt und rede, rede, ich weiß selbst nicht mehr, was ich alles zusammenredete. Er sieht mich an und sagt: »Nun, Bruder, du bist wie ich sehe, ein braver Kerl, wirst der Uniform Ehre machen.« So kamen wir an den vereinbarten Ort, die andern erwarteten uns schon. Man stellte uns in zwölf Schritten Distanz voneinander auf, er hatte den ersten Schuß; ich stand vor ihm heiter, mit dem Gesicht zu ihm, zuckte mit keiner Wimper und sah ihn liebevoll an; ich wusste wohl, was ich tat. Er schoß, die Kugel verletzte mich nur leicht an der Wange und streifte mein Ohr. »Gott sei Dank,« rief ich ihm zu, »dass Sie keinen Menschen getötet haben!« Dann nahm ich meine Pistole, drehte mich um und schleuderte sie in den Wald. »Da gehörst du hin!« Ich wandte mich zu meinem Gegner und sagte: »Geehrter Herr, verzeihen Sie mir dummem jungen Menschen, dass ich Sie mit Absicht beleidigt und dann gezwungen habe, auf mich zu schießen. Ich bin zehnmal schlechter als Sie und vielleicht sogar noch schlechter. Teilen Sie das der Person mit, die Sie über alles in der Welt schätzen.« Kaum hatte ich das gesagt, so begannen sie alle drei zu schreien. »Erlauben Sie doch,« sagte mein Gegner, der sogar böse geworden war, »wenn Sie nicht schießen wollen, warum haben Sie mich dann bemüht?« – »Gestern war ich noch dumm, heute bin ich klüger geworden,« antwortete ich ihm frohgemut. – »Das Gestrige glaube ich Ihnen gern,« sagte er darauf, »aber was das von Heute betrifft, so kann man in Ihren Worten schwerlich eine Bestätigung dafür erblicken.« – »Bravo!« schreie ich und klatsche in die Hände: »Ich bin mit Ihnen einverstanden, ich habe es verdient!« – »Werden Sie nun schießen, verehrter Herr, oder nicht?« – »Nein,« antworte ich, »ich werde nicht schießen, aber wenn Sie wollen, so schießen Sie noch einmal; doch es wäre besser, nicht zu schießen.« Auch die Sekundanten schreien, besonders der meinige: »Wie können Sie nur dem Regimente solche Schande antun und vor der Pistole des Gegners um Verzeihung bitten?! Wenn ich das nur gewußt hätte!« Ich stand vor ihnen allen da und lachte nicht mehr. »Meine Herren,« sagte ich, »ist es denn in unserer Zeit so erstaunlich, einen Menschen zu finden, der selbst seine Dummheit bereut und öffentlich seine Schuld eingesteht?« – »Aber doch nicht vor der Pistole des Gegners!« schrie mein Sekundant wieder. – »Das ist eben,« antwortete ich ihnen, »so erstaunlich, und ich hätte mich darum, gleich nachdem wir hergekommen waren, noch vor dem Schusse des Herrn entschuldigen und ihn nicht zu dieser großen Todsünde zwingen sollen. Aber,« sagte ich, »wir haben es selbst in der Welt so häßlich eingerichtet, daß es fast unmöglich war, anders zu handeln: ich mußte erst den Schuß des Herrn auf zwölf Schritt Distanz aushalten, damit meine Worte für ihn irgendeine Bedeutung haben; hätte ich es aber vor dem Schuß, gleich als wir hergekommen waren, getan, so würde man einfach sagen: Der Feigling hat vor der Pistole Angst bekommen, man höre nicht auf ihn! Meine Herren,« rief ich plötzlich von ganzem Herzen, »sehen Sie sich doch um, schauen Sie die Gaben Gottes an: den heiteren Himmel, die reine Luft, das zarte Gras, die Vöglein, die Natur ist schön und sündlos, und nur wir allein sind gottlos und dumm und verstehen nicht, daß das Leben das Paradies ist: wenn wir es nur begreifen, so wird das Paradies sogleich in seiner ganzen Schönheit erstehen, wir werden uns umarmen und weinen...« Ich wollte noch fortfahren, konnte aber nicht, mir stockte der Atem so süß und jugendlich, und mein Herz war von einem solchen Glücke erfüllt, wie ich es noch nie empfunden hatte. »Alles das ist vernünftig und fromm,« sagte mir mein Gegner, »und Sie sind jedenfalls ein origineller Mensch.« – »Lachen Sie nur,« erwiderte ich lachend, »später werden Sie mich selbst loben.« – »Ich bin auch jetzt schon bereit,« antwortete er mir, »Sie zu loben und will Ihnen gern die Hand reichen, denn Sie scheinen ein wirklich aufrichtiger Mensch zu sein.« – »Nein,« sagte ich, »jetzt nicht, lieber später, wenn ich besser geworden bin und Ihre Achtung verdient habe; wenn Sie mir dann die Hand reichen, so wird es richtig sein.« Wir fuhren nach Hause; mein Sekundant schimpfte während der ganzen Fahrt, ich aber küßte ihn. Alle Kameraden erfuhren es sofort und versammelten sich am gleichen Tage, um mich zu richten: »Er hat seine Uniform beschmutzt, nun soll er seinen Abschied nehmen.« Es meldeten sich aber auch Verteidiger. »Er hat doch immerhin dem Schusse standgehalten.« – »Ja, aber er fürchtete die folgenden Schüsse und bat darum vor der Pistole des Gegners um Verzeihung.« – »Hätte er die Schüsse gefürchtet,« entgegneten darauf die Verteidiger, »so hätte er erst aus seiner Pistole geschossen und dann um Verzeihung gebeten; er warf sie aber geladen in den Wald! Nein, es ist wohl etwas anderes geschehen, etwas Originelles.« Ich höre Ihnen zu und sehe Sie mit Freude an. »Meine Lieben,« sage ich ihnen, »meine lieben Freunde und Kameraden, macht euch keine Sorge wegen meines Abschieds, denn ich habe ihn schon heute früh in der Kanzlei eingereicht, und wenn ich den Abschied bekomme, so gehe ich gleich ins Kloster – dazu habe ich ihn auch eingereicht.« Als ich das sagte, fingen sie alle zu lachen an: »Hättest du uns das doch gleich mitgeteilt! jetzt ist alles klar, einen Mönch darf man gar nicht richten.« Sie lachen, hören gar nicht zu lachen auf, sie lachen aber gar nicht spöttisch, sondern freundlich und lustig; sie haben mich plötzlich alle liebgewonnen, sogar die erbittertsten Ankläger. Den ganzen folgenden Monat, bis ich meinen Abschied erhielt, trugen sie mich förmlich auf den Händen. »Ach, du Mönch!« sagten sie. Ein jeder richtete ein freundliches Wort an mich, man versuchte mir meinen Entschluß auszureden, man bemitleidete mich sogar: »Was tust du dir an?« – »Nein,« sagten sie, »er ist so tapfer, er hat dem Schuß standgehalten und hätte aus seiner Pistole schießen können; er hat aber in der Nacht vorher einen Traum gehabt, daß er Mönch werden soll, daher kommt alles.« Fast ebenso benahm sich auch die städtische Gesellschaft. Früher hatte man mich nicht sonderlich beachtet und nur freundlich empfangen, jetzt aber hatten mich alle auf einmal erkannt und luden mich um die Wette zu sich ein; sie lachten zwar über mich, liebten mich aber dabei. Ich will hier bemerken, daß, obwohl über unser Duell viel gesprochen wurde, die Obrigkeit die Sache vertuschte, denn mein Gegner war ein naher Verwandter unseres Generals; da die Sache aber ohne Blutvergießen und wie ein Scherz abgelaufen war und ich schließlich meinen Abschied genommen hatte, so faßte man alles als einen Scherz auf. Ich fing damals an, laut und furchtlos zu sprechen, ohne mich durch ihr Lachen beirren zu lassen, denn das Lachen war gar nicht gehässig, sondern gutmütig. Diese Reden führte ich meistens an Abenden in Damengesellschaft; die Frauen hörten mir besonders gern zu und zwangen auch die Männer, mir zuzuhören. »Wie ist es möglich, daß ich die Schuld für alle auf mir trage?« fragte mich jeder und lachte mir ins Gesicht: »Wie kann ich zum Beispiel für Sie schuldig sein?« – »Wie sollen Sie es erfassen,« antwortete ich ihnen, »wenn die Welt schon längst einen anderen Weg eingeschlagen hat und wir die gemeinste Lüge für Wahrheit halten und auch von den andern die gleiche Lüge verlangen? Ich habe ein einziges Mal in meinem Leben aufrichtig gehandelt, und was kam dabei heraus? – Ich stehe nun vor Ihnen als Verrückter da: Sie haben mich zwar liebgewonnen, lachen aber alle über mich.« – »Wie soll man aber auch einen solchen Menschen nicht lieben?« sagte darauf laut lachend die Dame des Hauses; es war bei ihr eine große Gesellschaft versammelt. Plötzlich sehe ich, wie sich mitten in der Damengesellschaft jene junge Person erhebt, um derentwillen es zum Zweikampf gekommen ist und die ich mir vor kurzem als Braut ausersehen habe; ich hatte aber gar nicht bemerkt, daß auch sie in diese Gesellschaft gekommen war. Sie erhob sich, ging auf mich zu und reichte mir die Hand. »Gestatten Sie, Ihnen zu erklären,« sagte sie mir, »daß ich über Sie nicht lache, sondern, im Gegenteil, Ihnen mit Tränen in den Augen danke und meinen Respekt vor Ihrer damaligen Tat ausspreche.« Auch ihr Mann ging auf mich zu, und dann umringte mich die ganze Gesellschaft, und alle küßten mich fast. Es wurde mir so freudig zumute; besonders aufmerksam wurde ich aber auf einen nicht mehr jungen Herrn, der gleichfalls auf mich zugegangen war, den ich dem Namen nach auch schon früher kannte, dem ich aber niemals vorgestellt worden war und mit dem ich bis zu jenem Abend noch nie ein Wort gewechselt hatte.

D. Der geheimnisvolle Gast

Er diente in unserer Stadt schon lange, bekleidete einen hohen Posten, war von allen angesehen, reich und wegen seiner Wohltätigkeit berühmt und hatte ein nicht unbeträchtliches Kapital für ein Altersheim und für eine Waisenanstalt gestiftet und außerdem viele Wohltaten heimlich erwiesen, was erst nach seinem Tode bekannt geworden ist. Er war an die fünfzig Jahre alt, hatte ein fast strenges Aussehen und sprach wenig; er war erst seit zehn Jahren mit einer noch jungen Frau verheiratet, von der er drei kleine Kinder hatte. Am Abend darauf saß ich bei mir zu Hause, als plötzlich meine Türe aufging und dieser selbe Herr bei mir eintrat.

Ich will bemerken, daß ich nicht mehr meine frühere Wohnung hatte; sobald ich den Abschied eingereicht hatte, zog ich aus und mietete bei einer alten Frau, einer Beamtenwitwe, ein Zimmer mit Bedienung. Ich wechselte ja die Wohnung nur aus dem Grunde, weil ich Afanassij am gleichen Tage, sobald ich vom Duell zurückkehrte, in die Kompanie zurückschickte, denn ich schämte mich, ihm nach meiner Tat in die Augen zu blicken, so sehr ist oft der unvorbereitete weltliche Mensch geneigt, sich mancher seiner überaus gerechten Tat zu schämen.

»Ich habe Ihnen«, sagte der Gast, »schon seit einigen Tagen mit großem Interesse in mehreren Häusern zugehört und möchte sie nun persönlich kennenlernen, um mit Ihnen eingehender zu sprechen. Wollen Sie mir, mein Herr, diesen großen Dienst erweisen?« – »Gerne, mit dem größten Vergnügen, und ich rechne es mir als eine besondere Ehre an«, antwortete ich ihm, war aber dabei beinahe erschrocken: einen solchen Eindruck hatte er auf mich gemacht. Man hatte mir wohl mit Interesse zugehört, aber noch niemand war mit solchem ernsten und strengen inneren Ausdruck an mich herangetreten. Und dieser war selbst zu mir in die Wohnung gekommen. Er setzte sich. »Ich sehe in Ihnen«, fuhr er fort, »eine große Charakterstärke, denn Sie haben nicht gefürchtet, der Wahrheit in einer solchen Sache zu dienen, in der Sie riskierten, für Ihre Wahrheit allgemeine Verachtung zu ernten.« – »Ihr Lob ist vielleicht übertrieben«, sagte ich ihm. – »Nein, es ist nicht übertrieben,« antwortete er mir, »glauben Sie mir: eine solche Tat zu begehen ist viel schwieriger, als Sie denken. Dies allein hat auf mich eigentlich einen solchen Eindruck gemacht,« fuhr er fort, »und ich bin darum hergekommen. Beschreiben Sie mir, bitte, wenn meine vielleicht unanständige Neugier Sie nicht abstößt und wenn Sie es nicht vergessen haben, was Sie in jenem Augenblick empfanden, als Sie sich entschlossen, beim Duell um Verzeihung zu bitten. Halten Sie meine Frage nicht leichtsinnig; im Gegenteil, ich verfolge mit dieser Frage ein eigenes geheimes Ziel, das ich Ihnen wahrscheinlich später erklären werde, wenn es Gott gefällt, uns einander näher zu bringen.«

Die ganze Zeit, während er sprach, sah ich ihm gerade in die Augen und fühlte plötzlich ein starkes Vertrauen zu ihm, außerdem auch eine ungewöhnliche Neugier, denn ich ahnte, daß er in seiner Seele ein besonderes Geheimnis trug.

»Sie fragen, was ich in jenem Augenblick empfand, als ich meinen Gegner um Verzeihung bat?« antwortete ich ihm. »Ich will Ihnen lieber alles von Anfang an erzählen, was ich den andern noch nicht erzählt habe.« Und ich erzählte ihm alles, was ich mit Afanassij gehabt und wie ich mich vor ihm bis zur Erde verbeugt hatte. »Daraus können Sie selbst ersehen,« schloß ich, »daß mir während des Duells leichter zumute war, denn es hatte schon zu Hause angefangen; da ich aber diesen Weg einmal betreten, so ging alles Weitere nicht mehr schwer, sondern war mir eine Freude und Lust.«

Er hörte es und sah mich so freundlich an. »Das alles«, sagte er, »ist außerordentlich interessant, ich will noch öfter zu Ihnen kommen.« Von nun an besuchte er mich fast jeden Abend. Wir wären wohl große Freunde geworden, wenn er nur etwas von sich selbst erzählt hätte. Aber er sprach von sich fast kein Wort und fragte mich nur über mich selbst aus. Trotzdem gewann ich ihn sehr lieb und vertraute ihm alle meine Gefühle an, denn ich dachte mir: Was brauche ich seine Geheimnisse zu wissen? Ich sehe ja auch so, daß er ein gerechter Mensch ist. Außerdem ist er ein so ernster Mensch, viel älter als ich, besucht aber mich, einen Jüngling, und hält es nicht für unpassend, mit mir zu verkehren. – Ich lernte von ihm vieles Nützliche, denn er war ein Mensch von großem Verstand. »Daß das Leben ein Paradies ist,« sagte er mir einmal plötzlich, »darüber habe ich schon selbst lange nachgedacht.« Und plötzlich fügte er hinzu: »Ich denke ja doch nur daran.« Er sah mich an und lächelte. »Ich bin davon noch mehr als Sie überzeugt,« sagte er mir, »Sie werden später erfahren, warum.« Ich hörte es und dachte bei mir: »Er will mir sicher etwas eröffnen.« – »Das Paradies,« sagte er, »ist in jedem von uns verborgen, auch ich trage es in mir, und wenn ich will, so wird es für mich gleich morgen beginnen und dann schon für mein ganzes Leben.« Ich sehe: er spricht mit Rührung und sieht mich dabei geheimnisvoll, wie fragend an. »Daß aber jeder Mensch,« fährt er fort, »auch abgesehen von seinen eigenen Sünden, für alles und für alle die Schuld trägt, so haben Sie es ganz richtig erkannt, und es ist erstaunlich, wie Sie diesen Gedanken in diesem Umfange haben erfassen können. Es ist wirklich wahr, daß, wenn die Menschen diesen Gedanken begreifen, für sie das Himmelreich anbrechen wird, und nicht nur in ihren Gedanken, sondern in der Wirklichkeit.« – »Wann wird sich das aber erfüllen?« rief ich schmerzvoll aus: »Und wird es sich überhaupt einmal erfüllen? Ist es nicht nur ein schöner Traum?« – »Sie glauben also nicht daran,« entgegnete er, »Sie predigen es und glauben es selbst nicht. Ich sage Ihnen also, daß dieser schöne Traum, wie Sie es nennen, sich unbedingt erfüllen wird, glauben Sie daran; aber es wird sich noch nicht jetzt erfüllen, denn jedes Geschehnis hat sein eigenes Gesetz. Es ist eine seelische, psychologische Sache. Um die Welt zu ändern, ist es notwendig, daß die Menschen selbst psychisch einen anderen Weg einschlagen. Bevor man nicht selbst der Bruder eines jeden Menschen geworden ist, kann keine Brüderlichkeit eintreten, keine Wissenschaft und kein Vorteil wird die Menschen je in Stand setzen, ihr Eigentum und ihre Rechte so untereinander zu verteilen, daß niemand benachteiligt sei. Alles wird für jeden zu wenig sein, und alle werden murren, einander beneiden und einander zu vernichten trachten. Sie fragen, wann sich das erfüllen wird. Es wird sich erfüllen, aber zuvor muß die Periode der menschlichen *Absonderung* ein Ende nehmen.« – »Von was für einer Absonderung sprechen Sie?« fragte ich ihn. – »Die Absonderung, die jetzt, besonders in unserer Zeit, überall herrscht, deren Stunde aber noch nicht geschlagen hat. Ein jeder ist jetzt bestrebt, seine eigene Persönlichkeit möglichst abzusondern, ein jeder möchte die ganze Fülle des Lebens in sich selbst auskosten, aber aus allen seinen Bemühungen ergibt sich statt der Fülle des Lebens nur vollständiger Selbstmord, denn statt die volle Bestimmung ihres Wesens zu finden, verfallen sie alle in gänzliche Einsamkeit. In unserer Zeit hat sich alles in einzelne Individuen abgesondert, ein jeder zieht sich in sein Loch zurück, ein jeder entfernt sich vom andern, versteckt sich, verbirgt, was er zu verbergen hat, und endet damit, daß er von allen Menschen abgestoßen wird und auch selbst die Menschen von sich abstößt. Er sammelt in seiner Absonderung Reichtümer an und denkt sich dabei: Wie stark und wie wohlversorgt bin ich jetzt! Der Wahnwitzige weiß aber nicht, daß er, je mehr er ansammelt, umso tiefer in eine selbstmörderische Ohnmacht versinkt. Denn er ist gewohnt, auf sich allein zu bauen, hat sich als eine Einheit vom Ganzen losgetrennt, hat seine Seele gelehrt, an Menschenhilfe, an die Menschen und die Menschheit nicht zu glauben, und zittert nur davor, daß sein Geld und die durch das Geld erworbenen Rechte verloren gehen können. Der Menschengeist fängt heute überall an, voller Hohn zu übersehen, daß die wahre Versorgtheit der Persönlichkeit nicht auf ihrer isolierten Anstrengung beruht, sondern auf dem Zusammenhalten aller Menschen. Aber es wird ganz sicher auch dieser schrecklichen Absonderung die Stunde schlagen, und alle werden auf einmal begreifen, wie unnatürlich sie sich voneinander getrennt haben. Das wird im Geiste der Zeit liegen, und sie werden sich wundern, wie lange sie in der Finsternis gelebt und kein Licht gesehen haben. Dann wird auch das Zeichen des Menschensohnes am Himmel erscheinen,.. Aber bis das eintrifft, muß die Fahne erhalten werden, und der Mensch soll, wenn auch nur von Zeit zu Zeit, wenn auch nur vereinzelt, ein Beispiel zeigen: seine Seele aus der Absonderung befreien und zur Tat der Bruderliebe zwingen, auch wenn er dabei als ein Narr in Christo angesehen wird. Das muß er tun, damit der große Gedanke nicht stirbt.«

In solcherlei feurigen und begeisterten Gesprächen verbrachten wir unsere Abende. Ich gab sogar meinen Verkehr mit den andern auf und ging immer seltener in Gesellschaft, zumal ich auch allmählich aus der Mode kam. Dies soll kein Vorwurf für die Leute sein, denn sie liebten mich nach wie vor und behandelten mich freundlich; aber ich muß doch gestehen, daß es in der

Gesellschaft keine geringe Mode war, sich mit mir abzugeben. Meinen geheimnisvollen Gast sah ich zuletzt mit Entzücken an, denn auch abgesehen vom Genusse, den mir sein Geist bot, fing ich zu ahnen an, daß er irgendeine Absicht hegte und sich vielleicht auf eine große Tat vorbereitete. Vielleicht mißfiel es ihm sogar, daß ich äußerlich gar keine Neugier für sein Geheimnis zeigte und ihn weder offen, noch andeutungsweise ausfragte. Aber zuletzt merkte ich, daß ihn selbst der Wunsch quälte, mir etwas zu eröffnen. Etwa einen Monat nach seinem ersten Besuch konnte ich das schon sehr deutlich sehen. »Wissen Sie,« sagte er mir einmal, »daß man in der Stadt auf uns beide sehr neugierig ist und sich wundert, daß ich Sie so oft besuche; sollen sie nur: *alles wird sich sehr bald aufklären,*« Manchmal überkam ihn eine außerordentliche Erregung, und in solchen Fällen stand er fast immer auf und ging fort. Manchmal sah er mich lange und durchdringend an, so daß ich mir dachte: »Gleich wird er etwas sagen«; aber er brachte dann die Rede plötzlich auf irgend etwas Bekanntes und Gewöhnliches. Auch fing er an, sich über Kopfschmerzen zu beklagen. Einmal, nachdem er lange und begeistert gesprochen hatte, sah ich ihn plötzlich erbleichen, sein Gesicht verzerrte sich, und er sah mich durchdringend an.

»Was ist mit Ihnen,« fragte ich ihn, »ist Ihnen nicht wohl?«

Er hatte doch über Kopfschmerzen geklagt.

»Ich... wissen Sie... ich ... ich habe einen Menschen ermordet.«

Wie er das sagte, lächelte er und war dabei so weiß wie Kreide. – Warum lächelt er bloß? – dieser Gedanke drang mir zu allererst ins Herz, noch bevor ich etwas begriffen hatte. Auch ich selbst erbleichte.

»Was sagen Sie da?« rief ich ihm zu.

»Sehen Sie,« antwortete er mir mit einem bleichen Lächeln, »was es mich kostete, das erste Wort zu sagen. Nun habe ich es gesagt und bin, glaube ich, auf den rechten Weg gekommen. Diesen Weg will ich weitergehen.«

Lange glaubte ich ihm nicht, und glaubte es auch nicht mit einem mal, sondern erst nachdem er drei Tage nacheinander mich besucht und mir alles genau erzählt hatte. Ich hielt ihn anfangs für verrückt, überzeugte mich schließlich aber mit großer Verwunderung und mit großem Schmerz von der Richtigkeit seiner Worte. Er hatte vierzehn Jahre vorher ein furchtbares Verbrechen an einer reichen Dame, einer jungen und schönen Gutsbesitzerswitwe, begangen die in unserer Stadt ein eigenes Haus besaß, in dem sie abzusteigen pflegte. Er fühlte eine große Liebe zu ihr, gestand ihr seine Leidenschaft und versuchte sie zu überreden, ihn zu heiraten. Sie hatte aber ihr Herz schon einem anderen geschenkt, einem vornehmen Offizier von hohem Range, der damals im Felde war und den sie in Bälde erwartete. Sie schlug seinen Antrag ab und bat ihn, seine Besuche einzustellen. Er stellte seine Besuche wohl ein, drang aber eines Nachts mit großer Frechheit, unter der Gefahr, ertappt zu werden, durch den Garten und über das Dach in ihr Haus ein, dessen Zimmereinteilung er genau kannte. Bekanntlich gelingen häufig gerade die frechsten Verbrechen am besten. Nachdem er durch eine Dachluke auf den Boden des Hauses gelangt war, drang er über die Bodentreppe in ihre Wohnung ein; er wußte nämlich, daß die Türe zu der Bodentreppe infolge der Nachlässigkeit der Dienstboten nicht immer verschlossen war. Er baute auf diese Nachlässigkeit, und die Tür war diesmal wirklich nicht verschlossen. Er drang in die Wohnräume ein und gelangte im Dunkeln in ihr Schlafzimmer, in dem ein Lämpchen vor dem Heiligenbilde brannte. Wie absichtlich waren die beiden Zimmermädchen der Dame ohne Erlaubnis und heimlich zu einer Namenstagsfeier in der Nachbarschaft fortgegangen. Die übrigen Diener und Mägde schliefen aber in den Gesindestuben und in der Küche, im unteren Stockwerke. Beim Anblick der Schlafenden entbrannte in ihm die Leidenschaft; dann wurde sein Herz von einer rachsüchtigen und eifersüchtigen Wut gepackt; besinnungslos, wie betrunken, ging er auf sie zu und stieß ihr das Messer mitten ins Herz, so daß sie nicht einmal aufschrie. Dann richtete er es mit einer teuflischen und ruchlosen Berechnung so ein, daß der Verdacht auf die Dienerschaft fiel: er scheute sich nicht, ihren Geldbeutel zu nehmen, er sperrte mit den Schlüsseln, die er unter ihrem Kopfkissen fand, die Kommode auf und entnahm dieser einige Sachen; er handelte dabei so, wie ein dummer Dienstbote gehandelt haben würde; er ließ die Wertpapiere zurück und nahm nur das bare Geld und einige größere Goldgegenstände;

andere Gegenstände, die zwar kleiner, aber zehnmal wertvoller waren, übersah er dagegen. Er nahm auch einiges als Andenken mit, aber davon später. Nachdem er diese schreckliche Tat begangen hatte, verließ er das Haus auf dem früheren Wege. Weder am nächsten Tage, als der Mord entdeckt wurde, noch während seines ganzen späteren Lebens, kam es jemand in den Sinn, den wirklichen Verbrecher zu verdächtigen! Auch von seiner Liebe wußte niemand, da er stets schweigsam und verschlossen gewesen war und auch keinen Freund besaß, dem er das Geheimnis seiner Liebe hätte anvertrauen können. Man hielt ihn einfach für einen Bekannten der Ermordeten, und nicht einmal für einen sehr intimen, denn in den letzten zwei Wochen hatte er sie gar nicht besucht. Der Verdacht fiel sofort auf ihren leibeigenen Diener Pjotr, und alle Umstände fügten sich so, daß dieser Verdacht bestärkt wurde; dieser Diener hatte nämlich gewußt, und die Ermordete hatte es auch selbst nicht verheimlicht, daß sie beabsichtigte, ihn unter die Rekruten zu geben, die sie von ihren Leibeigenen zu stellen hatte, denn er war unverheiratet und führte sich obendrein schlecht auf. Man hatte gehört, wie er betrunken in einer Schenke wütend gedroht hatte, sie zu ermorden. Zwei Tage vor ihrem Tode war er aber durchgebrannt und hatte sich in der Stadt herumgetrieben. Am andern Tage nach dem Morde fand man ihn sinnlos betrunken auf der Landstraße dicht vor der Stadtgrenze liegen, mit einem Messer in der Tasche und mit Blutflecken auf der rechten Handfläche. Er behauptete, er hätte Nasenbluten gehabt, aber man glaubte ihm nicht. Die Zimmermädchen gestanden, daß sie bei der Namenstagsfeier gewesen waren und die Eingangstüre unversperrt gelassen hatten. Es fanden sich noch viele andere ähnliche Indizien, welche genügten, um den unschuldigen Diener zu verhaften. Man verhaftete ihn und stellte ihn vors Gericht, aber der Verhaftete erkrankte nach einer Woche an einem Nervenfieber und starb besinnungslos im Hospital. Damit endete die Sache; die Untersuchung wurde eingestellt, und alle, die Richter, die Behörden und die ganze Gesellschaft blieben überzeugt, daß das Verbrechen von niemand anders begangen werden konnte, als vom verstorbenen Diener. Dann kam aber die Strafe.

Der geheimnisvolle Gast, der nun mein Freund geworden war, erzählte mir, daß ihn anfangs gar keine Gewissensbisse geplagt hätten. Er habe sich wohl gequält, aber nicht infolge von Gewissensbissen, sondern nur weil er ein geliebtes Weib ermordet hatte, weil sie nicht mehr war und er zugleich mit ihr auch seine Liebe getötet hatte, während das Feuer der Leidenschaft in seinem Blute auch weiter brannte. Aber an das vergossene Blut, an die Ermordung eines Menschen dachte er fast gar nicht. Der Gedanke, daß sein Opfer die Frau eines anderen hätte werden können, erschien ihm so unerträglich, daß er lange Zeit innerlich überzeugt blieb, er hätte anders gar nicht handeln können. Die Verhaftung des Dieners hatte ihn anfangs wohl etwas gequält, aber die bald darauf erfolgte Erkrankung und dann der Tod des Verhafteten beruhigten ihn, da jener doch offenbar (so urteilte er damals) nicht infolge der Verhaftung oder vor Angst gestorben war, sondern infolge einer Erkältung, die er sich in den Tagen, als er aus dem Hause entlaufen und eine ganze Nacht sinnlos betrunken auf der feuchten Erde gelegen, zugezogen hatte. Die gestohlenen Sachen und das Geld machten ihm wenig Bedenken, denn er hatte doch (urteilte er damals) den Diebstahl nicht aus Eigennutz begangen, sondern nur um den Verdacht von sich abzulenken. Der gestohlene Betrag war aber nicht sehr groß, und er spendete bald darauf diesen Betrag und sogar noch viel mehr zur Errichtung eines Altersheimes in unserer Stadt. Er machte das absichtlich, um sein Gewissen wegen des Diebstahls zu beruhigen; merkwürdigerweise verschaffte ihm dies wirklich eine Beruhigung, sogar für recht lange Zeit, – das erzählte er mir selbst. Er widmete sich mit besonderem Eifer seinen dienstlichen Obliegenheiten und übernahm freiwillig einen schwierigen und mühevollen Auftrag, der ihn an die zwei Jahre beschäftigte; so vergaß er, da er einen starken Charakter hatte, fast gänzlich das Vorgefallene; und wenn er sich dessen erinnerte, so gab er sich Mühe, nicht daran zu denken. Er widmete sich auch der Wohltätigkeit, richtete in unserer Stadt vieles ein, spendete große Summen, machte von sich auch in den Residenzstädten reden und wurde in Moskau und in Petersburg zum Mitglied der dortigen Wohltätigkeitsvereine gewählt. Aber schließlich kamen ihm immer öfter qualvolle Gedanken, die über seine Kraft gingen. Um diese Zeit erregte ein schönes und kluges junges Mädchen sein Gefallen; er heiratete es bald, in der Hoffnung, daß das Eheleben den Gram, den er in der Einsamkeit trug, vertreiben würde, und daß er, wenn er den neuen Weg beträte und seine Pflicht gegen seine Frau und seine Kinder gewissenhaft erfüllte, sich von seinen alten Erinnerungen gänzlich befreien könnte. Es kam aber ganz anders, als er es erwartet hatte. Schon im ersten Monat nach der Hochzeit plagte ihn ununterbrochen der Gedanke: »Meine Frau liebt mich; wenn sie aber alles erfährt?...« Als sie mit dem ersten Kinde schwanger war und ihm das mitteilte, kamen ihm plötzlich Bedenken: »Ich habe einem Menschenwesen das Leben gegeben, habe aber einem anderen das Leben genommen!« Als dann noch mehr Kinder geboren wurden, sagte er sich: »Wie wage ich es, sie zu lieben, zu unterrichten und zu erziehen, wie kann ich zu ihnen von der Tugend sprechen, wenn ich selbst Blut vergossen haben?« Die Kinder wuchsen herrlich heran, er wollte sie gern liebkosen: »Ich kann aber nicht in ihre unschuldigen, heiteren Gesichter sehen, ich bin dessen unwürdig.« Zuletzt verfolgte ihn überall drohend und bitter das Blut des ermordeten Opfers, das vernichtete junge Leben, das Blut, das nach Vergeltung schrie. Er sah schreckliche Träume. Da er aber ein starkes Herz hatte, konnte er diese Qual lange tragen. »Ich will alles durch meine geheime Qual sühnen.« Aber auch diese Hoffnung war vergebens: je länger, desto stärker wurde seine Qual. In der Gesellschaft achtete man ihn wegen seiner Wohltätigkeit, fürchtete aber dabei seinen strengen und düsteren Charakter; doch je mehr man ihn achtete, desto unerträglicher wurde es ihm. Er gestand mir, daß er Hand an sich habe legen wollen. Aber statt dessen kam ihm manchmal ein anderer Gedanke, ein Gedanke, den er anfangs für unmöglich und wahnsinnig hielt, der sich aber schließlich in seinem Herzen so festsetzte, daß er ihn nicht mehr herausreißen konnte. Dieser Gedanke war: sich erheben, vor das Volk treten und allen erklären, daß er einen Menschen ermordet habe. An die drei Jahre trug er sich mit diesem Gedanken, er kam ihm immer in verschiedenen Gestalten wieder. Schließlich gewann er mit seinem ganzen Herzen den Glauben, daß er, wenn er sein Verbrechen eingestanden hat, seine Seele zweifellos heilen und sich ein für allemal beruhigen wird. Als er aber diesen Glauben gewann, empfand er in seinem Herzen einen Schrecken: wie diese Absicht ausführen? Da kam plötzlich meine Duellgeschichte dazwischen. »Als ich Ihr Beispiel sah, faßte ich den Entschluß.« Ich sah ihn an.

»Konnte denn,« rief ich aus und schlug die Hände zusammen, »konnte denn ein so geringfügiger Vorfall in Ihnen diesen Entschluß wecken?«

»Mein Entschluß keimt schon seit drei Jahren,« antwortete er mir, »und Ihr Fall gab ihm nur den letzten Anstoß. Als ich Sie sah, machte ich mir Vorwürfe und beneidete Sie,« sagte er mir in einem sogar strengen Ton.

»Man wird Ihnen gar nicht glauben,« bemerkte ich, »es sind ja schon vierzehn Jahre darüber vergangen.«

»Ich habe Beweise, zwingende Beweise, die werde ich vorweisen.«

Ich fing zu weinen an und küßte ihn.

»Lösen sie mir nur einen Zweifel!« sagte er mir (als ob es von mir abhinge): »Ich habe eine Frau und Kinder! Meine Frau wird vielleicht vor Kummer sterben, und die Kinder, wenn sie auch den Adel und das Vermögen nicht verlieren, werden ewig die Kinder eines Zuchthäuslers bleiben. Und was für ein Andenken werde ich in ihren Herzen hinterlassen!«

Ich schwieg.

»Und sie verlassen, sich von ihnen für immer trennen? Doch für immer und ewig!«

Ich saß schweigend da und flüsterte ein Gebet vor mich hin. Schließlich erhob ich mich; es wurde mir schrecklich zumute.

»Was nun?« fragte er und sah mich an.

»Gehen Sie hin,« antwortete ich, »und gestehen sie es den Menschen. Alles vergeht, nur die Wahrheit allein bleibt. Ihre Kinder werden, wenn sie herangewachsen sind, begreifen, wieviel Großmut in Ihrem großen Entschluß lag.«

Er verließ mich damals, scheinbar fest entschlossen. Aber er kam dann mehr als vierzehn Tage jeden Abend zu mir, bereitete sich immer vor und konnte sich doch nicht entschließen. Es zermarterte mir das Herz. Bald kam er zu mir fest entschlossen und sagte gerührt:

»Ich weiß, daß für mich das Paradies anbrechen wird, sobald ich es gestanden habe. Vierzehn Jahre war ich in der Hölle. Nun will ich leiden. Ich will das Leid auf mich nehmen und werde zu leben anfangen. Mit Unrecht kann man wohl bis ans Ende der Welt kommen, kann dann aber nicht mehr zurückkehren. Jetzt wage ich nicht, nicht nur meine Nächsten sondern auch meine Kinder zu lieben. Mein Gott, die Kinder werden ja vielleicht einmal begreifen, was mich dieses Leid gekostet hat, und mich nicht verurteilen! Gott ist nicht in der Stärke, sondern in der Wahrheit.«

»Alle werden Ihre Tat begreifen,« sagte ich ihm, »und wenn nicht jetzt gleich, so später; denn sie haben der Wahrheit gedient, der höheren, überirdischen Wahrheit...«

Und er ging wie getröstet von mir fort; am anderen Tage kam er aber böse und blaß wieder und sagte spöttisch:

»So oft ich zu Ihnen komme, sehen Sie mich so neugierig an und denken sich: ›Er hat wieder nicht gestanden?‹ Warten Sie, verachten Sie mich nicht zu sehr. Es ist nicht so leicht, wie Sie es glauben. Vielleicht werde ich es auch gar nicht tun. Sie werden doch nicht hingehen und mich anzeigen, was?«

Ich aber hatte nicht nur nicht den Mut, ihn mit dummer Neugier anzusehen, ich wagte überhaupt nicht, ihn anzuschauen. Ich war gequält und fast krank, und meine Seele war voller Tränen. Ich konnte sogar nicht mehr schlafen.

»Ich komme eben,« fuhr er fort, »von meiner Frau. Begreifen Sie, was eine Frau ist? Und die Kinder riefen mir, als ich fortging, nach: ›Leben Sie wohl, Papa, kommen Sie bald wieder, um mit uns die Kinderzeitschrift zu lesen.‹ Nein, das verstehen Sie nicht. Vom fremden Leid wird man nicht klug.«

Seine Augen funkelten, seine Lippen bebten. Plötzlich schlug er mit der Faust auf den Tisch, so daß alle Sachen, die auf dem Tische standen, erzitterten, – sonst war er aber ein so sanfter Mensch, – das war mit ihm zum erstenmal geschehen.

»Soll ich es?« rief er aus, »Brauche ich es? Niemand ist doch meinetwegen verurteilt oder nach Sibirien verschickt worden. Der Diener ist an einer Krankheit gestorben. Für das vergossene Blut bin ich durch meine Qualen bestraft. Man wird mir auch gar nicht glauben, man wird meine Beweise nicht beachten. Soll ich es gestehen, ist es nötig? Für das vergossene Blut will ich mich mein Leben lang quälen, wenn nur meine Frau und die Kinder darunter nicht leiden. Wird es gerecht sein, auch sie mit ins Verderben zu ziehen? Irren wir uns nicht? Wo ist hier die Wahrheit? Werden die Menschen diese Wahrheit auch erkennen, werden Sie sie zu würdigen und zu achten wissen?«

– Mein Gott«! – denke ich bei mir – Er denkt in einem solchen Augenblick an die Achtung der Menschen! – Und er tat mir damals so leid, daß ich bereit wäre, sein Los mit ihm zu teilen, wenn es ihn erleichtern könnte. Ich sah, daß er wie wahnsinnig war. Ich erschrak, da ich nicht bloß mit meinem Verstand, sondern auch mit der lebendigen Seele begriffen hatte, was ein solcher Entschluß kostete.

»Entscheiden Sie über mein Schicksal!« rief er wieder.

»Gehen Sie hin und gestehen Sie,« flüsterte ich ihm zu. Meine Stimme versagte, aber ich flüsterte es mit Nachdruck. Dann nahm ich vom Tische das Evangelium in russischer Übersetzung und zeigte ihm Johannes, Kapitel XII, Vers 24:

»Wahrlich, wahrlich, ich sage euch: Es sei denn, daß das Weizenkorn in die Erde falle und ersterbe, so bleibt es allein; wo es aber erstirbt, so bringt es viele Früchte.« Ich hatte diese Stelle erst kurz vor seinem Kommen gelesen.

Er las es. »Es ist wahr,« sagte er, lächelte aber dabei bitter: »Ja,« fuhr er nach einer Pause fort, »in diesen Büchern findet man schreckliche Dinge. Es ist ja leicht, so etwas einem andern vor die Nase zu reiben. Wer hat diese Bücher geschrieben, waren es denn wirklich Menschen?«

»Der Heilige Geist hat sie geschrieben,« antwortete ich ihm.

»Sie haben gut schwatzen,« sagte er und lächelte wieder, diesmal aber fast gehässig. Ich nahm das Buch wieder zur Hand, schlug es an einer anderen Stelle auf und zeigte ihm Ebräer, Kapitel X, Vers 31. Er las:

»Schrecklich ist es, in die Hände des lebendigen Gottes zu fallen.« –
Er las es und warf das Buch fort. Er erbebte sogar.

»Ein schrecklicher Vers!« sagte er, »Sie haben ihn gut gewählt, das muß man Ihnen lassen.«
Er stand von seinem Platze auf und sagte: »Nun, leben Sie wohl, vielleicht komme ich nicht
mehr... dann sehen wir uns im Paradiese wieder. Es sind also schon vierzehn Jahre, seit ich »in
die Hände des lebendigen Gottes« gefallen bin, – so heißen also diese vierzehn Jahre! Morgen
will ich diese Hände bitten, daß sie mich freilassen.«

Ich wollte ihn umarmen und küssen, wagte es aber nicht: so verzerrt war sein Gesicht, daß
es schwer war, ihn anzusehen. Er ging fort. – Mein Gott, – dachte ich mir, – wohin ist dieser
Mensch gegangen! – Ich fiel in die Knie vor das Heiligenbild und betete für ihn zu der Heilig-
sten Muttergottes, der schnellen Fürbitterin und Helferin, so betete ich etwa eine halbe Stunde
unter Tränen, es war schon spät, gegen Mitternacht. Plötzlich sehe ich, die Tür geht auf, und
er kommt wieder. Ich war erstaunt.

»Wo waren Sie denn?« fragte ich ihn.

»Ich glaube,« sagte er, »ich habe etwas vergessen ... mir scheint, mein Taschentuch ... Und
wenn ich auch nichts vergessen habe, erlauben Sie mir, daß ich mich hinsetze...«

Er setzte sich auf einen Stuhl. Ich stand vor ihm. »Setzen Sie sich auch,« sagte er mir. Ich
setzte mich, so sahen wir an die zwei Minuten. Er sah mich durchdringend an und lächelte
plötzlich, – dieses Lächeln blieb mir in Erinnerung; dann stand er auf, umarmte mich fest und
küßte mich.

»Merke dir,« sagte er »wie ich zu dir zum zweitenmal gekommen bin. Hörst du, merke es dir!«
Er hatte mir zum erstenmal »du« gesagt. Dann ging er. – Morgen! – dachte ich mir.

So geschah es auch. An jenem Abend hatte ich gar nicht gewußt, daß er am folgenden Tage
Geburtstag hatte. In den letzten Tagen war ich nicht ausgegangen und konnte es darum von
niemand erfahren. An seinem Geburtstage gab es aber bei ihm alljährlich eine große Gesellschaft, und die ganze Stadt versammelte sich bei ihm. So versammelte sie sich diesmal. Nach
der Mittagstafel trat er in die Mitte des Zimmers mit einem Papier in der Hand, – einer for-
mellen Anzeige an die Obrigkeit. Da aber seine Obrigkeit auch anwesend war, so las er das
Papier laut allen Anwesenden vor; es enthielt eine genaue Schilderung des ganzen Verbrechens
mit allen Einzelheiten! »Als einen Missetäter stoße ich mich aus der Gemeinschaft der Menschen aus, Gott hat mich heimgesucht,« so schloß das Papier, »ich will leiden!« Und gleich
darauf brachte er und legte auf den Tisch alles, womit er sein Verbrechen zu beweisen glaubte
und was er vierzehn Jahre lang aufbewahrt hatte: die Goldgegenstände der Ermordeten, die
er geraubt hatte, um den Verdacht von sich abzulenken, das Medaillon und das Kreuz, die er
ihr vom Halse genommen, – im Medaillon war das Bild ihres Verlobten, – ihr Notizbuch und
schließlich zwei Briefe: den Brief ihres Bräutigams an sie mit der Nachricht von der baldigen
Rückkehr, und ihre Antwort auf diesen Brief, die sie angefangen aber nicht beendet hatte und
auf dem Tische liegen ließ, um sie am nächsten Morgen auf die Post zu schicken. Er hatte beide
Briefe mitgenommen, – warum? Warum hatte er sie dann vierzehn Jahre lang aufbewahrt, statt
sie als Beweismittel zu vernichten? Nun geschah folgendes: alle gerieten in Verwunderung und
Entsetzen, und niemand wollte ihm glauben, obwohl ihm alle mit großem Interesse zugehört
hatten, wenn auch wie einem Kranken. Aber einige Tage später wurde in allen Häusern endgül-
tig beschlossen, daß der unglückliche Mensch verrückt geworden sei. Die Obrigkeit und das
Gericht durften zwar die Sache nicht auf sich beruhen lassen und begannen eine Untersuchung,
stellten diese aber ein: obwohl die vorgelegten Gegenstände und Briefe zu denken gaben, wurde beschlossen, daß diese Urkunden, auch wenn sie sich als echt erwiesen hätten, doch nicht
genügten, um ein endgültiges Urteil zu fällen. Er hätte ja die Sachen auch von ihr selbst haben
können, da er doch ihr Bekannter und Vertrauter war. Ich hörte übrigens, daß die Echtheit
der Sachen später von vielen Bekannten und Verwandten der Ermordeten nachgeprüft wurde
und daß kein Zweifel darüber blieb. Aber es war dieser Sache wieder nicht beschieden, zum
Abschluß zu kommen. Nach etwa fünf Tagen erfuhren alle, daß der Unglückliche erkrankt war
und daß man für sein Leben fürchtete. Was es für eine Krankheit war, kann ich nicht sagen;

man sprach von einem Herzleiden, aber es wurde bekannt, daß das Konsilium der Ärzte auf Drängen seiner Gattin auch seinen geistigen Zustand untersucht und das Urteil gefällt hatte, daß auch eine Geistesstörung vorliege. Ich verriet nichts, obwohl man sich beeilte, mich auszufragen; als ich ihn aber besuchen wollte, wurde es mir lange verwehrt, Hauptsächlich von seiner Gattin. »Sie haben seinen Geist zerrüttet,« sagte sie mir, »er war auch früher düster gewesen, und im letzten Jahre fiel allen seine ungewöhnliche Erregung und sein sonderbares Benehmen auf; Sie haben ihn zugrunde gerichtet, Sie haben ihn mit Ihren Reden dazu gebracht, er hat ja einen ganzen Monat fast immer bei Ihnen gesessen.« Nicht nur die Gattin, alle Menschen in der Stadt fielen über mich her und klagten mich an: »Es ist nur Ihre Schuld,« sagte man mir. Ich schwieg und freute mich in meinem Herzen, da ich die zweifellose Gnade Gottes zu einem, der sich gegen sich selbst erhoben hatte und sich selbst strafte, sah. An seine Geistesstörung konnte ich aber nicht glauben, schließlich ließ man mich zu ihm, er verlangte es selbst dringend, um sich von mir zu verabschieden. Ich trat ein und sah sofort, daß nicht nur seine Tage, sondern auch seine Stunden gezählt waren. Er war schwach und gelb, seine Hände zitterten, er atmete schwer, blickte aber gerührt und freudig.

»Es ist vollbracht!« sagte er mir. »Schon lange lechze ich, dich zu sehen, warum kamst du nicht?«

Ich erklärte ihm nicht, daß man mich nicht eingelassen hatte.

»Gott hat sich meiner erbarmt und ruft mich zu sich. Ich weiß, daß ich sterbe, aber ich fühle nach so vielen Jahren zum erstenmal Freude und Frieden. Sobald ich erfüllt hatte, was zu erfüllen war, fühlte ich sofort in meiner Seele das Paradies. Jetzt wage ich schon, meine Kinder zu lieben und zu küssen. Man glaubt mir nicht, niemand will mir glauben, weder meine Frau, noch meine Richter; auch die Kinder werden es niemals glauben. Ich sehe darin die Gnade Gottes zu meinen Kindern. Ich sterbe, und mein Name bleibt für sie unbefleckt. Jetzt fühle ich schon die Nähe Gottes, mein Herz frohlockt wie im Paradiese… ich habe meine Pflicht erfüllt…«

Er konnte nicht sprechen, sein Atem versagte, er drückte mir heiß die Hand und sah mich mit brennenden Augen an. Aber wir konnten nicht lange sprechen, seine Gattin sah jeden Augenblick zu uns herein. Doch er konnte mir noch zuflüstern:

»Weißt du noch, wie ich zu dir damals zum zweitenmal kam, um Mitternacht? Ich hatte dir gesagt, daß du dir es merken sollst. Weißt du, wozu ich damals kam? Ich kam, um dich zu töten!«

Ich fuhr zusammen.

»Ich ging damals von dir in die Finsternis, irrte durch die Straßen und kämpfte mit mir selbst. Und plötzlich fühlte ich solchen Haß gegen dich, daß mein Herz ihn kaum ertragen konnte. ›Er allein‹, dachte ich mir, ›hat mich gebunden, er ist mein Richter, ich kann meiner Strafe nicht mehr entgehen, denn er weiß alles.‹ Ich fürchtete nicht, daß du mich anzeigen würdest (dieser Gedanke kam mir gar nicht), aber ich dachte mir: ›Wie werde ich ihm ins Gesicht blicken, wenn ich mich nicht anzeige?‹ Und wenn du auch meilenweit von mir entfernt, aber am Leben wärest, dieser Gedanke, daß du am Leben bist, alles weißt und mich verurteilst, wäre mir unerträglich. Ich haßte dich, als wärest du die Ursache von allem und an allem Schuld. Ich kehrte damals zu dir zurück, ich erinnere mich noch, auf deinem Tische lag ein Dolch. Ich setzte mich und forderte auch dich zum Sitzen auf und dachte eine ganze Minute nach. Wenn ich dich getötet hätte, wäre ich sowieso dieses Mordes wegen zugrunde gegangen, selbst wenn ich mein früheres Verbrechen nicht eingestanden hätte. Aber ich dachte gar nicht daran und wollte in jenem Augenblick überhaupt nicht denken. Ich haßte dich nur und wollte mit aller Kraft an dir für alles Rache nehmen. Doch der Herr besiegte den Teufel in meinem Herzen. Wisse aber, daß du dem Tode noch nie näher gewesen bist.«

Nach einer Woche starb er. Seinen Sarg begleitete die ganze Stadt zum Grabe. Der Priester hielt eine gefühlvolle Rede. Alle beklagten die schreckliche Krankheit, die seine Tage verkürzt hatte. Aber die ganze Stadt erhob sich nach seiner Beerdigung gegen mich, und man hörte sogar auf, mich zu empfangen. Allerdings glaubten erst wenige, dann aber immer mehr und mehr Leute an die Richtigkeit seiner Aussage und fingen an, mich aufzusuchen und mit großer

Neugier und Freude auszufragen: denn der Mensch sieht gern den Fall des Gerechten und seine Schande. Aber ich schwieg und verließ bald darauf die Stadt; nach fünf Monaten wurde mir die göttliche Gnade zuteil, den festen und herrlichen Weg zu betreten, und ich segnete den unsichtbaren Finger, der mir diesen Weg so klar gewiesen hatte. Aber ich gedenke des Knechtes Gottes Michail auch heute noch alltäglich in meinen Gebeten.

Iwan S. Turgenjew:
Die lebendige Reliquie

Land der Dulder und der Demut,
Meine Heimat, Russenerde!
F. Tjutschew

Ein französisches Sprichwort lautet: »Der trockene Fischer und der nasse Jäger bieten einen traurigen Anblick.« Da ich für die Fischerei niemals etwas übrig gehabt habe, vermag ich nicht darüber zu urteilen, was ein Fischer bei gutem, heiterem Wetter empfindet und inwiefern das Vergnügen, das ihm eine reiche Beute bei Regenwetter verschafft, die Unannehmlichkeit, naß zu sein, aufwiegt. Für den Jäger ist aber das Regenwetter ein wahres Unglück. Und von eben diesem Unglück wurden wir, ich und Jermolai, betroffen, als wir wieder einmal in den Bjelewschen Kreis zur Birkhahnjagd kamen. – Vom frühen Morgen an wollte der Regen nicht aufhören. Was hatten wir nicht alles versucht, um uns vor ihm zu retten! Wir zogen unsere Gummimäntel fast über den Kopf und stellten uns unter Bäume, damit es auf uns weniger gieße ... Die wasserdichten Mäntel ließen aber, ganz abgesehen davon, daß sie uns beim Schießen hinderlich waren, das Wasser auf die schamloseste Weise durch; und wenn wir uns unter einen Baum stellten, so schien der Regen anfangs wirklich nicht durchzudringen, mit der Zeit aber hielt das Laub der sich ansammelnden Masse nicht mehr stand, jeder Zweig überschüttete uns mit Wasser wie aus einer Regentraufe, und die kalten Ströme drangen uns hinter den Kragen und liefen die Wirbelsäule hinab ... Das war aber schon zu gemein! – wie sich Jermolai ausdrückte.

»Nein, Pjotr Petrowitsch,« rief er schließlich aus, »so geht es nicht!... heute kann man nicht jagen. Das Wasser läuft den Hunden in die Nasen; die Gewehre versagen ... Pfui! So ein Pech!«

»Was ist zu machen?« fragte ich.

»Das will ich Ihnen sagen. – Wir fahren nach Alexejewka. Vielleicht kennen Sie es – es ist so ein Vorwerk – es gehört Ihrer Frau Mutter; es sind an die acht Werst von hier. Wir übernachten dort, und morgen...«

»Kehren wir wieder hierher zurück?«

»Nein, nicht hierher ... Die Gegend hinter Alexejewka ist mir bekannt ... die Birkhahnjagd ist dort viel besser als hier...«

Ich unterließ es, meinen treuen Gefährten zu fragen, warum er mich nicht gleich dorthin gebracht hatte, und am gleichen Tage erreichten wir das Vorwerk meiner Mutter, von dessen Existenz ich, offen gestanden, bisher keine Ahnung hatte. Auf diesem Vorwerke fand sich ein baufälliges, aber unbewohntes und darum reinliches Häuschen, in dem ich eine recht ruhige Nacht verbrachte.

Am nächsten Morgen erwachte ich sehr früh. Die Sonne war erst eben aufgegangen; am Himmel war kein Wölkchen zu sehen; alles ringsum strahlte im starken, doppelten Glanze: im Glanze der jungen Morgenstrahlen und in dem des gestrigen Gusses. – Während man mir das Wägelchen anspannte, irrte ich durch den nicht sehr großen Garten, der einst ein Obstgarten gewesen war und jetzt, verwildert, das Häuschen von allen Seiten mit seinem duftenden, saftigen Dickicht umgab. Ach, wie schön war es da in der freien Luft, unter dem heiteren Himmel, in dem die Lerchen schwirrten, deren heller Gesang wie silberne Perlen niederregnete! Auf ihren Flügeln trugen sie gewiß die Tautropfen fort, und ihre Lieder schienen von Tau benetzt. Ich nahm mir sogar die Mütze ab und atmete freudig, aus voller Brust ... Am Rande einer nicht sehr tiefen Schlucht, dicht neben dem Zaune, erblickte ich einen Bienengarten; ein schmaler Pfahl führte hin, sich zwischen zwei dichten Mauern von Steppengras und Brennesseln schlängelnd, über denen die spitzen Stengel des dunkelgrünen Hanfes ragten, der Gott weiß wie hingeraten war.

Ich schlug diesen Pfad ein und erreichte den Bienengarten. Neben diesem befand sich ein kleiner Schuppen aus Flechtwerk, wie er zum Einstellen der Bienenkörbe für den Winter dient. Ich blickte in die halb geöffnete Tür hinein: es war darin dunkel, still, trocken; es roch nach Minze und Melissen. In einer Ecke war eine Pritsche angebracht, und auf dieser lag unter einer Bettdecke eine kleine Gestalt ... Ich wollte schon weitergehen...

»Herr, Sie, Herr! Pjotr Petrowitsch!« rief eine Stimme, schwach, langsam und tonlos wie das Rascheln von Riedgras im Sumpf.

Ich blieb stehen.

»Pjotr Petrowitsch! Kommen Sie bitte her!« wiederholte die Stimme. Sie kam aus der Ecke, von der Pritsche, die ich bemerkt hatte.

Ich kam näher – und erstarrte vor Verwunderung. Vor mir lag ein lebendiges menschliches Wesen; aber was war denn das?

Der Kopf war vollkommen ausgetrocknet, einfarbig, bronzen, genau wie auf einer alten Ikone; die Nase schmal wie die Schneide eines Messers; die Lippen fast unsichtbar; ich konnte nur die weiß schimmernden Zähne erkennen, die Augen und einige dünne Strähnen gelblicher Haare, die unter dem Kopftuche auf die Stirn fielen. Auf einer Falte der Bettdecke neben dem Kinn bewegten sich langsam zwei winzige, gleichfalls bronzene Hände mit spindeldürren Fingern. Ich sehe genauer hin: das Gesicht ist nicht nur nicht abstoßend, es ist sogar schön, doch schrecklich und ungewöhnlich. Und dieses Gesicht erscheint mir um so schrecklicher, als ich sehe, daß sich ein Lächeln vergebens bemüht, sich darauf auf den metallenen Wangen auszubreiten.

»Sie erkennen mich nicht, Herr?« flüsterte wieder die Stimme; sie verdampfte gleichsam auf den sich kaum bewegenden Lippen. »Wie sollten Sie mich auch erkennen! – Ich bin Lukerja... Erinnern Sie sich noch, dieselbe, die bei Ihrer Frau Mutter zu Spaßkoje den Reigen anzuführen pflegte ... erinnern Sie sich noch, ich war immer die Vorsängerin im Chor?«

»Lukerja!« rief ich aus. »Bist du es? Ist es möglich?«

»Ja, ich bin es, Herr. Ich bin Lukerja.«

Ich wußte nicht, was ich darauf sagen sollte, und sah bestürzt auf dieses dunkle, unbewegliche Gesicht mit den auf mich gerichteten hellen und leblosen Augen. Ist es denn möglich? Diese Mumie ist Lukerja, das schönste Mädchen in unserem Hausgesinde, die große, volle, weiße, rotwangige Lukerja, die immer lachende Tänzerin und Sängerin! Lukerja, die kluge Lukerja, der alle jungen Dorfburschen den Hof machten und die ich als sechzehnjähriger Junge auch selbst heimlich anschmachtete!

»Lukerja, sag, was ist denn mit dir geschehen?« fragte ich sie endlich.

»So ein Unglück ist über mich gekommen! Verschmähen Sie mich nicht, Herr, verachten Sie mich nicht in meinem Unglück, setzen Sie sich hier auf das Fäßchen, näher zu mir, sonst werden Sie mich nicht verstehen können ... Sie hören doch, was ich jetzt für eine helle Stimme habe! ... Wie froh bin ich, daß ich Sie wiedersehe! Wie sind Sie aber nach Alexejewk geraten?«

Lukerja sprach sehr leise und schwach, aber ohne Unterbrechungen.

»Der Jäger Jermolai hat mich hergeführt. Erzähl mir aber...«

»Ich soll Ihnen von meinem Unglück erzählen? Gerne, Herr. – Es geschah vor langer Zeit, vor sechs oder sieben Jahren. Ich war damals soeben mit Wassilij Poljakow verlobt – Sie wissen doch, es war ein so schöner Bursche mit einem Lockenkopf, diente bei Ihrer Frau Mutter als Buffetaufseher ... Sie waren aber damals gar nicht auf dem Gute, Sie studierten in Moskau. – Wir waren beide sehr verliebt; er wollte mir nicht aus dem Kopfe; es war aber im Frühling. Eines Nachts ... es war schon beim Morgengrauen ... lag ich schlaflos da; so süß sang eine Nachtigall im Garten! ... Ich hielt es nicht länger aus, stand auf und ging auf die Treppe hinaus, um zu horchen. Die Nachtigall schmettert und trillert ... und plötzlich ist es mir, als ob mich jemand mit Waßjas Stimme ganz leise riefe: ›Luscha!...‹ Ich schau hin, gleite wohl in meiner Verschlafenheit auf einer Stufe aus, stürze in die Tiefe – und falle auf die Erde! Ich hatte mich wohl nicht allzusehr angeschlagen, denn ich stand bald auf und ging in meine Kammer. Aber in meinem Innern, in den Eingeweiden ist gleichsam etwas gerissen ... Erlauben Sie, daß ich Atem hole ... nur ein Weilchen ... Herr.«

Lukerja verstummte, und ich sah sie erstaunt an. Ich war hauptsächlich darüber erstaunt, daß sie fast lustig erzählte, ohne zu jammern und zu stöhnen, ohne sich zu beklagen und ohne um Mitleid zu betteln.

»Von diesem Tage an«, fuhr Lukerja fort, »begann ich zu schwinden und auszutrocknen; ganz schwarz war ich geworden; es fiel mir schwer, zu gehen, später auch nur die Beine zu bewegen; ich kann weder stehen noch sitzen; möchte immer liegen. Ich will weder essen noch trinken, es geht mir immer schlimmer. Ihre Frau Mutter hat mich in ihrer Güte den Ärzten gezeigt, hat mich auch ins Spital bringen lassen. Ich erfuhr aber keine Erleichterung. Und kein Arzt konnte mir sagen, was ich für eine Krankheit habe. Was sie mit mir nicht schon alles angestellt haben: sie haben mir den Rücken mit glühenden Eisen gebrannt, haben mich in gestoßenes Eis gesetzt, es half alles nichts. Zuletzt war ich ganz verknöchert... Nun beschlossen die Herren, daß es keinen Zweck mehr hat, mich noch weiter zu kurieren, einen Krüppel kann man aber nicht gut im Herrenhause behalten ... also schickte man mich hierher, denn ich habe hier Verwandte. So lebe ich, wie Sie mich hier sehen.«

Lukerja verstummte von neuem und versuchte wieder zu lächeln.

»Deine Lage ist aber entsetzlich!« rief ich aus ... Da ich nicht wußte, was ihr noch zu sagen, fragte ich: »Und was macht Wassilij Poljakow?«

Diese Frage war sehr dumm.

Lukerja blickte etwas zur Seite. »Was Poljakow macht? – Er grämte sich eine Zeit lang und heiratete schließlich eine andere, ein Mädchen aus Slinnoje. Kennen sie Slinnoje? Es ist nicht weit von hier. Agrafena hat sie geheißen. Er hat mich sehr geliebt, aber er war doch ein junger Mann und konnte nicht um meinetwillen ledig bleiben. Was wäre ich ihm für eine Lebensgefährtin? Er bekam eine schöne und gute Frau, hat auch Kinderchen. Er ist hier auf dem Nachbargute Verwalter: Ihre Frau Mutter hat ihm einen Paß gegeben, und es geht ihm, Gott sei Dank, gut.«

»Und du liegst immer so?« fragte ich wieder.

»Ja, so liege ich, Herr, schon das siebente Jahr. Im Sommer liege ich hier, in diesem Schuppen, und wenn es kalt wird, trägt man mich in die Badestube hinüber. Dann liege ich dort.«

»Wer pflegt dich denn? Wer schaut nach dir?«

»Es gibt auch hier gute Menschen. Man verläßt mich nicht. Man braucht mich auch fast gar nicht zu pflegen. Ich esse ja fast gar nicht, und Wasser habe ich hier im Kruge: es steht immer ein Vorrat davon, reines Quellwasser. Nach dem Kruge kann ich selbst langen: den einen Arm kann ich ja noch bewegen. Dann gibt es hier auch ein kleines Mädel, ein Waisenkind, das kommt zuweilen her, so dankbar bin ich ihr. Sie war auch eben hier gewesen ... Sind Sie ihr nicht begegnet? So ein hübsches Kind mit weißem Gesichtchen. Sie bringt mir Blumen her; ich liebe sie so sehr, die Blumen. Gartenblumen haben wir nicht – es waren wohl welche da, sind aber eingegangen. Aber auch die Wiesenblumen sind schön; sie duften noch schöner als die Gartenblumen. Zum Beispiel die Maiglöckchen ... was gibt es Schöneres?«

»Ist es dir nicht langweilig, nicht unheimlich, meine arme Lukerja?«

»Was soll ich machen? Ich will nicht lügen – anfangs war es mir sehr traurig ums Herz; dann gewöhnte ich mich daran, schickte mich darein, es ist nicht so schlimm; andere haben es noch viel schlimmer.«

»Wieso?«

»Mancher hat kein Obdach! Ein anderer ist blind oder taub! Ich aber kann, Gott sei Dank, gut sehen und alles hören, alles. Ein Maulwurf wühlt in der Erde – auch das höre ich. Ich spüre auch jeden Geruch, selbst den leisesten! Wenn der Buchweizen im Felde oder die Linde im Garten blüht, braucht man mir das gar nicht zu sagen: ich rieche es gleich, wenn nur ein Windhauch herüberkommt. Nein, was soll ich gegen Gott murren? – viele haben es schlimmer als ich. Wenn ich bloß nur dieses bedenke: mancher gesunde Mensch kann leicht sündigen; mich hat aber die Sünde selbst verlassen. Neulich reichte mir der Priester, P. Alexej, das Abendmahl und sagte: ›Deine Beichte brauche ich gar nicht zu hören: Kann man denn in deiner Lage sündigen?‹ Aber ich antwortete ihm: ›Und die Sünden, die man in Gedanken begeht, Hochwürden?‹ – ›Diese Sünden sind nicht groß‹ sagte er mir darauf und lachte.«

»Von solchen Sünden habe ich wohl wirklich nicht viel auf dem Gewissen,« fuhr Lukerja fort, »denn ich habe mich gewöhnt, nicht zu denken, und vor allem nicht an das Vergangene zu denken. so vergeht die Zeit schneller.«

Ich war, offen gestanden, erstaunt.

»Du bist aber immer allein, Lukerja; wie kannst du es verhindern, daß dir die Gedanken in den Sinn kommen? Oder schläfst du immer?«

»Oh, nein, Herr! Schlafen kann ich nicht immer. Große Schmerzen habe ich zwar nicht, aber in meinem Innern, auch in den Knochen ist immer ein Ziehen; es läßt mich nicht ordentlich schlafen. Nein, ich liege einfach so und denke an nichts; ich fühle, daß ich lebe, daß ich atme – das ist alles. Ich schaue und horche. Die Bienen im Garten summen; eine Taube setzt sich aufs Dach und girrt; eine Henne kommt mal mit ihren Küchlein her, um die Krümel aufzupicken; manchmal stiegt auch ein Spatz oder ein Schmetterling herein – das tut mir wohl. Vor zwei Jahren haben hier in der Ecke sogar Schwalben genistet und Junge ausgebrütet. Das war so lustig! Eine Schwalbe kommt zum Nest geflogen, setzt sich drauf, füttert die Jungen, und weg ist sie. Gleich ist aber schon eine andere da. Manchmal kommt sie gar nicht herein, sondern fliegt nur an der offenen Tür vorüber – die Jungen fangen aber gleich zu piepsen an und reißen die Schnäbel auf...Ich erwartete sie auch im folgenden Jahre, aber man sagte mir, ein hiesiger Jäger hätte sie erschossen. Was für einen Gewinn hatte er davon? Die ganze Schwalbe ist doch nicht größer als ein Käfer ...Was seid ihr doch für böse Menschen, ihr Herren Jäger!«

»Ich schieße keine Schwalben,« beeilte ich mich einzuwenden.

»Ein anderes Mal,« fuhr Lukerja fort, »mußte ich so lachen! Ein Hase kam hereingelaufen, wirklich! Ich weiß nicht, vielleicht verfolgten ihn die Hunde, aber er rannte geradewegs durch die Türe herein! ...Er setzte sich ganz nahe von mir hin und saß lange so da, schnupperte mit der Nase, bewegte den Schnurrbart, ganz wie ein Offizier. Auch mich sah er an. Er begriff also, daß ich ihm nicht gefährlich bin. Schließlich stand er auf, sprang zur Türe, sah sich an der Schwelle noch einmal um, und weg war er! So spaßig war er!«

Lukerja sah mich an: ob es nicht spaßig sei? Ich tat ihr den Gefallen und lachte, sie biß sich in die ausgetrockneten Lippen.

»Nun, im Winter habe ich es natürlich nicht so gut: denn es ist dunkel, ein Licht anzuzünden ist zu schade, wozu auch? Ich verstehe zwar zu lesen und habe immer gerne gelesen, aber was soll ich lesen? Es gibt hier keine Bücher, und wenn es auch welche gäbe, wie soll ich so ein Buch halten? P. Alexej brachte mir mal zur Zerstreuung einen Kalender, als er aber sah, daß das Buch mir nichts nützte, holte er es wieder ab. Und wenn es auch dunkel ist, so gibt es doch immer etwas zu hören: ein Heimchen zirpt, eine Maus knabbert. – Dann ist es mir so wohl! Nur nicht denken!«

»Manchmal bete ich auch,« fuhr Lukerja nach einer Ruhepause fort. »Aber ich kenne nur wenig Gebete. Was soll ich auch den lieben Gott belästigen? Was soll ich von ihm bitten? Er weiß besser als ich, was mir nottut. Er hat mir mein Kreuz gesandt, also liebt er mich. Uns ist befohlen, es so zu verstehen. Ich spreche manchmal das Vaterunser, das Gebet zur heiligen Mutter Gottes, den Psalm zur schmerzhaften Maria – und dann liege ich wieder ganz ohne Gedanken. Und das ist nicht so schlecht!« –

Es vergingen an die zwei Minuten. Ich unterbrach nicht das Schweigen und rührte mich nicht auf dem schmalen Fäßchen, das mir als Sitz diente. Die grausame steinerne Unbeweglichkeit des vor mir liegenden, lebendigen, unglücklichen Wesens hatte sich auch mir mitgeteilt: auch ich war wie erstarrt.

»Hör mal, Lukerja,« begann ich endlich. »Hör, was ich dir vorschlagen möchte. Wenn du willst, lasse ich dich ins Krankenhaus bringen, in das gute, städtische Krankenhaus. Wer weiß, vielleicht wird man dich gesund machen. Jedenfalls wirst du nicht mehr allein sein...«

Lukerja bewegte kaum merklich die Brauen.

»Ach, nein, Herr,« flüsterte sie besorgt. »Bringen sie mich nicht ins Krankenhaus, lassen Sie mir meine Ruhe. Dort werde ich mich bloß mehr quälen. – Wie kann man mich gesund machen! ... Einmal kam ein Arzt her und wollte mich untersuchen. Ich bat ihn: ›Quälen Sie mich nicht, um Christi willen.‹ Aber es nützte nichts: er fing an, mich hin und her zu wenden, mir die Arme und die Beine zu biegen und zu kneten; er sagte: ›Ich mache es der Wissenschaft wegen; ich bin ja ein angestellter, gelehrter Mensch, und du darfst mir nicht widerstreben, denn ich habe für meine Mühe einen Orden um den Hals gekriegt und plage mich für euch Dummen ab. Er zerrte mich hin und her, nannte mir meine Krankheit – es war ein so schwieriger Name – und fuhr davon. Mir taten aber dann eine ganze Woche alle Knochen weh. Sie sagen: ich sei allein, immer allein. Nein, das bin ich nicht immer. Man besucht mich hier. Ich bin so still und störe niemand. Die Mädchen aus dem Dorfe kommen mal her und plaudern; oder eine Walfahrerin verirrt sich zu mir und erzählt mir von Jerusalem, von Kiew und von anderen heiligen Städten. Ich fürchte mich aber nicht vor dem Alleinsein. Es ist mir sogar angenehmer, bei Gott! ... Herr, lassen Sie mir meine Ruhe, bringen Sie mich nicht ins Krankenhaus... Ich danke Ihnen, Sie sind so gütig, aber lassen die mir meine Ruhe, liebster Herr.«

»Nun, wie du willst, wie du willst, Lukerja. Ich wollte ja nur dein Bestes...«

»Ich weiß es, Herr, daß Sie mein Bestes wollen. Aber, liebster Herr, wer kann einem anderen helfen? Wer kann einem anderen in die Seele eindringen? Der Mensch muß sich selbst helfen! Sie werden es mir nicht glauben, manchmal liege ich so allein da, und es ist mir, als gäbe es in der Welt keinen Menschen außer mir. Nur ich allein bin lebendig! Und es ist mir, als schwebe etwas auf mich herab ... Und es kommen mir so seltsame Gedanken!«

»Was für Gedanken, Lukerja?«

»Das kann ich Ihnen unmöglich sagen, Herr: man kann es gar nicht erklären. Auch vergesse ich es nachher. Es kommt über mich wie eine Regenwolke, die sich über mich ergießt, so frisch, so angenehm; was es aber ist, kann ich nachher nicht begreifen! Ich denke mir bloß: wenn ich Menschen um mich hätte, so wäre dies alles nicht, und ich würde wohl nichts außer meinem Unglück fühlen.«

Lukerja holte mühevoll Atem. Ihre Brust wollte ihr nicht gehorchen, genau wie die anderen Glieder.

»Wenn ich Sie so anschaue, Herr,« fing sie von neuem an, »so sehe ich, daß Sie mit mir großes Mitleid haben. Bemitleiden Sie mich aber nicht zu sehr, wirklich! Ich will Ihnen zum Beispiel sagen, daß ich auch jetzt manchmal ... Sie erinnern sich doch, wie lustig ich einst war? Ein fixes Mädel! ... also wissen Sie was? Ich pflege auch jetzt noch meine Lieder zu singen.«

»Lieder? ... Du?«

»Ja, Lieder, alte Lieder, Reigenlieder, Weihnachtslieder, Dreikönigslieder, allerlei Lieder! Ich habe doch viele Lieder gekannt und weiß sie noch alle. Nur die Tanzlieder singe ich nicht mehr. Zu meinem jetzigen Berufe passen sie nicht.«

»Wie singst du sie denn... stumm, in dich hinein?«

»Stumm, und auch laut. Sehr laut kann ich nicht, aber man kann mich doch hören. Ich erzählte Ihnen, daß mich ein Mädel besucht. Ein so verständiges Waisenkind. Ich habe sie es also gelehrt; vier Lieder hat sie mir schon abgelauscht. Oder sie glauben mir nicht? Warten Sie, ich will Ihnen gleich...«

Lukerja holte tief Atem ... Der Gedanke, daß dieses halbtote Wesen sich zu singen anschickte, weckte in mir ein Grauen. Doch ehe ich etwas sagen konnte, erklang in meinen Ohren ein gedehnter, kaum hörbarer, doch reiner und richtiger Ton... ihm folgte ein zweiter, ein dritter. Lukerja sang das Lied »Auf den Wiesen«. Sie sang mit dem gleichen Ausdruck ihres versteinerten Gesichts und mit starren Augen. So rührend klang diese armselige, angestrengte, wie eine dünne Rauchsäule bebende Stimme, so sehr wollte sie ihre ganze Seele ergießen. Ich empfand kein Grauen mehr: ein unsagbares Mitleid preßte mir das Herz zusammen.

»Ach, ich kann nicht mehr!« sagte sie plötzlich: »Meine Kräfte reichen nicht... Ich freue mich zu sehr über Ihren Besuch.«

Sie schloß die Augen.

Ich legte meine Hand auf ihre kleinen kalten Finger ... Sie blickte mich an und senkte wieder ihre dunklen Augenlider mit den goldenen Wimpern, die mich an die Augenlider alter Statuen erinnerten. Einen Augenblick später leuchteten sie wieder im Halbdunkel ... Tränen hatten sie benetzt.

Ich saß noch immer regungslos.

»Was bin ich für eine!« sagte plötzlich Lukerja mit unerwarteter Kraft. Sie öffnete weit die Augen und versuchte durch Zwinkern die Tränen von den Wimpern abzuschütteln. »Schäme ich mich denn gar nicht? Was fällt mir bloß ein? Schon lange ist mir so was nicht passiert ... seitdem mich Waßja Poljakow einmal im vorigen Frühjahr besucht hat. Solange er bei mir saß und mit mir sprach, ging es noch; als er aber gegangen und ich wieder allein geblieben war, da weinte ich! Wo nahm ich nur die Tränen her! ... Wir Weiber brauchen sie ja nicht zu kaufen. Herr,« fügte Lukerja hinzu: »Sie haben wohl ein Tüchlein ... Ekeln Sie sich nicht vor mir, wischen Sie mir die Augen ab.«

Ich beeilte mich, ihren Wunsch zu erfüllen, und ließ ihr auch das Taschentuch. Anfangs wollte sie es nicht annehmen: »Was brauche ich so ein Geschenk?« Das Tuch war sehr einfach, aber weiß und sauber. Dann ergriff sie es mit ihren schwachen Fingern und ließ es nicht mehr los. Da ich mich an die Dunkelheit, in der wir uns beide befanden, schon gewöhnt hatte, konnte ich ihre Züge deutlich unterscheiden, konnte sogar die leichte Röte bemerken, die ihr bronzenes Gesicht überhauchte, konnte in diesem Gesicht – so schien es mir wenigstens – die Spuren einstiger Schönheit entdecken.

»Sie fragten mich vorhin, Herr,« begann Lukerja von neuem, »ob ich schlafe. Ich schlafe wirklich selten, habe aber dafür jedesmal Träume, so schöne Träume! Niemals sehe ich mich im Traume krank: im Traume bin ich immer so stark und jung ... Eines ist nur schlimm: wenn ich erwache und mich ordentlich strecken möchte, so bin ich wie gefesselt. Einmal hatte ich einen wunderbaren Traum! Soll ich ihn erzählen? Nun, hören Sie zu. – Ich stehe im Felde, und rings um mich her ist Korn, hohes, reifes, wie Gold schimmerndes Korn! ... Ich habe ein rotbraunes Hündchen bei mir, es ist böse und will mich immer beißen. Und in der Hand halte ich eine Sichel, es ist aber keine gewöhnliche Sichel, sondern der Mond, der einer Sichel gleicht. Mit dieser Mondsichel soll ich das ganze Korn abmähen. Ich bin aber matt vor Hitze, der Mond blendet mich, und ich bin so faul; ringsherum wachsen ungewöhnlich große Kornblumen! Sie wenden alle ihre Köpfe nach mir um. Ich sage mir: ›Ich will mir diese Kornblumen pflücken; Waßja versprach herzukommen, darum will ich mir zuerst einen Kranz aus Kornblumen flechten; zum Mähen ist noch immer Zeit.‹ – Ich beginne die Kornblumen zu pflücken, aber sie zerschmelzen mir zwischen den Fingern. Ich kann mir also keinen Kranz flechten. Ich höre aber, wie sich mir jemand nähert; er ist schon ganz nahe und ruft: ›Luscha! Luscha!‹ Und ich sage mir: ›So ein Pech, ich bin doch nicht fertig geworden! Nun ist alles gleich, ich will mir diesen Mond statt der Kornblumen auf den Kopf legen.‹ Ich setze mir die Mondsichel wie ein Diadem auf die Stirn, und sie erstrahlt gleich so hell, daß es im Felde ganz licht wird. Und ich sehe: über die Kornähren schwebt zu mir jemand heran – es ist aber nicht Waßja, sondern Christus! Woran ich erkannt habe, daß es Christus war, kann ich nicht sagen; auf den Heiligenbildern wird er ganz anders dargestellt; ich wusste aber bestimmt, daß Er es war. Bartlos, groß gewachsen, jung, weiß gekleidet mit goldenem Gürtel, reicht er mir die Hand. Und er sagt zu mir: ›Fürchte dich nicht, meine geliebte Braut, folge mir; du wirst bei mir im Himmelreiche den himmlischen Reigen führen und paradiesische Lieder singen.‹ Ich küsse seine Hand, und mein Hündchen beißt mich gleich in die Füße ... Doch wir schweben beide empor. Er fliegt voraus ... Seine Flügel, so lang und weiß wie die einer Möwe, füllen den ganzen Himmel; und ich fliege ihm nach. Das Hündchen muß aber zurückbleiben. Da begriff ich erst, daß das Hündchen meine Krankheit bedeutete und daß es mir ins Himmelreich nicht nachfolgen wird.«

Lukerja schwieg eine Weile.

»Dann sah ich noch einen anderen Traum,« fing sie von neuem an. »Vielleicht war es auch ein vom Himmel gesandtes Gesicht, ich weiß es nicht. Es träumte mir, daß ich hier in diesem selben Schuppen liege und meine seligen Eltern, Väterchen und Mütterchen zu mir kommen;

sie verbeugen sich tief vor mir, sagen aber nichts. Und ich frage sie: ›Was verbeugt ihr euch vor mir, Väterchen und Mütterchen?‹ Und sie antworten: ›Weil du dich in dieser Welt so sehr quälst, daß du nicht nur deine eigene Seele erleichterst, sondern auch von uns eine schwere Last genommen hast. Darum haben wir es in der anderen Welt viel besser. Mit deinen eigenen Sünden bist du schon fertig geworden, jetzt überwindest du unsere Sünden.‹ Nach diesen Worten verbeugten sich meine Eltern wieder und verschwanden; und ich sah nichts als die Wände. Später grübelte ich lange, was es wohl gewesen sei. Ich erzählte es sogar dem Pfarrer in der Beichte. Er meinte aber, es sei kein Gesicht vom Himmel gewesen, denn solche Gesichte haben nur Personen geistlichen Standes.«

»Dann hatte ich auch noch diesen Traum,« fuhr Lukerja fort. »Ich sitze unter einer Weide an der Landstraße, habe ein geschältes Stöckchen in Händen, einen Sack auf dem Rücken, und mein Kopf ist mit einem Tuch umbunden – ich sehe ganz wie eine Pilgerin aus! Und ich muß irgendwo weithin wallfahren. Lauter Pilger kommen an mir vorbei; sie gehen langsam, wie widerwillig, alle ln die gleiche Richtung; sie haben alle traurige Gesichter und sehen sich alle ähnlich. Und ich sehe: eine Frau, die um einen ganzen Kopf größer ist als alle und so merkwürdig, gar nicht russisch gekleidet ist, wirft sich zwischen ihnen hin und her. Auch ihr Gesicht ist so merkwürdig: vom Fasten ausgemergelt und streng. Alle anderen weichen ihr aus; sie aber geht plötzlich auf mich zu. Sie bleibt stehen und sieht mich an; ihre Augen sind aber so gelb wie die eines Falken, groß und seltsam hell. Ich frage sie: ›Wer bist du?‹ Und sie antwortet mir: ›Ich bin dein Tod.‹ Statt zu erschrecken bin ich so furchtbar froh und bekreuzige mich. Und jene Frau, daß ist mein Tod, spricht zu mir: ›Du tust mir leid, Lukerja, aber ich kann dich nicht mitnehmen. Leb wohl!‹ Mein Gott, wie traurig wurde es mir da ums Herz! ...›Nimm mich mit!‹ sage ich ihr, ›Mütterchen, liebes Täubchen, nimm mich mit!‹ – Und die Frau wandte sich zu mir um und redete mir zu...Ich verstand nur, daß sie mir meine Stunde bestimmte, aber sie sprach so undeutlich...Nach den Petrifasten, sagte sie mir...Da erwachte ich...So sonderbare Träume habe ich immer!«

Lukerja hob die Augen zur Decke ...wurde nachdenklich...

»Aber mein Unglück ist, daß ich oft eine ganze Woche nicht einschlafen kann. Im vorigen Jahre kam hier eine Dame vorbeigefahren; sie sah mich und gab mir ein Fläschchen mit einer Arznei gegen die Schlaflosigkeit; sie sagte, ich solle jedesmal zehn Tropfen nehmen. Die Tropfen halfen mir gut, und ich konnte schlafen; jetzt ist aber das Fläschchen leer...Wissen Sie nicht, was es für eine Arznei war und wie ich sie mir verschaffen kann?«

Die durchreisende Dame hatte Lukerja offenbar Opium gegeben. Ich versprach, ihr so ein Fläschchen zu verschaffen, und mußte mich laut über ihre Geduld wundern.

»Ach, Herr!« entgegnete sie. »Was fällt Ihnen ein? Was ist das für eine Geduld? Symeon, der Stylite, der hatte wirklich Geduld: dreißig Jahre lang stand er auf einer Säule! Ein anderer Heiliger ließ sich bis an die Brust in die Erde eingraben, und die Ameisen fraßen ihm das Gesicht ....Ein Schriftkundiger erzählte mir aber einmal diese Geschichte: es war einmal ein Land, und die Heiden hatten dieses Land erobert und alle Einwohner gepeinigt und erschlagen; was die Einwohner auch alles anfingen, sie konnten sich unmöglich von den Heiden befreien. Da erschien zwischen jenen Einwohnern eine heilige Jungfrau; sie nahm ein großes Schwert in die Hand, legte sich eine zweizentnerschwere Rüstung an, zog gegen die Heiden und vertrieb sie alle hinters Meer. Und als sie sie vertrieben hatte, sagte sie ihnen: ›Verbrennt mich jetzt, denn es war mein Gelübde, daß ich für mein Volk den Feuertod erleide.‹ Und die Heiden nahmen sie und verbrannten sie, aber das Volk war von nun an erlöst. Das war eine Tat! Was bin ich dagegen!«

Ich wunderte mich still darüber, daß die Legende von der Jeanne d'Arc hierher und in solcher Gestalt gedrungen war. Nach kurzem Schweigen fragte ich Lukerja, wie alt sie sei.

»Achtundzwanzig ...oder neunundzwanzig ....Dreißig bin ich noch nicht. Aber was soll ich die Jahre zählen! Ich will Ihnen noch eines sagen ....«

Lukerja hustete plötzlich seltsam dumpf und stöhnte auf....

»Du sprichst zu viel,« sagte ich ihr, »das kann dir schaden.«

»Es ist wahr,« flüsterte sie kaum hörbar. »Unser Gespräch ist zu Ende; jetzt ist alles gleich! Wenn Sie jetzt wegfahren, werde ich wieder nach Herzenslust schweigen können. Nun habe ich mir wenigstens das Herz erleichtert....«

Ich verabschiedete mich von ihr, wiederholte mein Versprechen, ihr die Arznei zu schicken und bat sie, es sich noch einmal zu überlegen und mir zu sagen, ob sie nicht etwas wolle.

»Ich brauche nichts; ich bin Gott sei Dank mit allem zufrieden,« sagte sie mit großer Mühe, doch gerührt. »Gott gebe allen Gesundheit! Herr, wenn Sie Ihre Frau Mutter bitten wollten – die Bauern sind hier so arm – daß sie ihnen den Erbzins herabsetzt! Sie haben zu wenig Land ... Die Bauern würden für Sie zu Gott beten...Ich aber brauche nichts, ich bin mit allem zufrieden.«

Ich gab Lukerja das Wort, ihre Bitte zu erfüllen. Als ich schon an der Türe war, rief sie mich wieder zu sich heran.

»Erinnern Sie sich noch, Herr,« sagte sie, und etwas Wunderbares huschte über ihre Augen und Lippen, »was ich einst für einen Zopf gehabt habe? Erinnern Sie sich noch, er reichte mir bis an die Knie! Ich konnte mich lange nicht entschließen...Solche Haare!...Aber wie sollte ich sie in meiner Lage kämmen?! ...Also schnitt ich sie mir ab...ja...Nun, leben Sie wohl, Herr! Ich kann nicht mehr...

Am gleichen Tage sprach ich vor dem Aufbruch zur Jagd mit dem Schulzen des Vorwerkes über Lukerja. Ich erfuhr von ihm, daß man sie im Dorfe die »Lebendige Reliquie« nenne und daß sie im übrigen keinen Menschen störe: man höre sie niemals murren oder sich beklagen, »Sie selbst verlangt nichts, ist sogar im Gegenteil für alles dankbar; so still ist sie und sanft, das muß man sagen. Gott hat sie geschlagen,« schloß der Schulze, »wahrscheinlich für ihre Sünden; aber wir fragen nicht danach. Bereden tun wir sie nicht. Soll sie ihren Frieden haben!«

Einige Wochen später erfuhr ich, daß Lukerja gestorben war. Der Tod hatte sie also doch geholt...und sogar »nach den Petrifasten«. Man erzählte, sie hätte an ihrem Sterbetage immer Glockenläuten gehört, obwohl die Kirche mehr als fünf Werst weit von Alexejewka lag und es ein Wochentag war. Lukerja hatte übrigens gesagt, das Läuten sei nicht von der Kirche gekommen, sondern »von oben«. Wahrscheinlich wagte sie nicht zu sagen: vom Himmel.

Leo Tolstoi: P. Ssergij

I

Ende der vierziger Jahre ereignete sich in Petersburg etwas, was alle in Erstaunen setzte. Der schöne Fürst, Kommandeur der Leibschwadron des Kürassierregiments, dem alle den Flügeladjutantenrang und eine glänzende Karriere unter dem Kaiser Nikolai I. prophezeiten, nahm, einen Monat vor seiner Hochzeit mit einem hübschen Hoffräulein, das sich einer besonderen Gunst der Kaiserin erfreute, seinen Abschied, löste die Verlobung auf, schenkte sein kleines Gut seiner Schwester und zog sich in ein Kloster zurück, mit der Absicht, Mönch zu werden.

Dieses Ereignis erschien den Menschen, die seine inneren Gründe nicht kannten, ungewöhnlich und unerklärlich; für ihn, den Fürsten Stepan Kassatskij, war aber das alles so natürlich, daß er sich eine andere Handlungsweise gar nicht vorstellen konnte.

Stepan Kassatskijs Vater, ein Gardeoberst a. D., starb, als der Sohn zwölf Jahre alt war. Wie schwer es der Mutter auch fiel, den Sohn aus dem Hause zu geben, konnte sie sich doch nicht entschließen, gegen den Willen des verstorbenen Mannes zu handeln, der testamentarisch angeordnet hatte, daß man, im Falle seines Todes, den Sohn nicht zu Hause behalten, sondern ins Kadettenkorps geben solle; und so gab sie ihn ins Korps. Die Witwe zog mit ihrer Tochter Warwara nach Petersburg, um in der gleichen Stadt mit ihm zu leben und den Sohn und Bruder in den Feiertagen zu sich ins Haus nehmen zu können.

Der Junge zeichnete sich durch glänzende Fähigkeiten und einen ungewöhnlichen Ehrgeiz aus und war daher der Beste wie in den Wissenschaften, namentlich in der Mathematik, für die er eine besondere Vorliebe hatte, so auch im Frontdienst und Reiten. Obwohl übergroß gewachsen, war er doch hübsch und gewandt. Was seine Aufführung betrifft, so wäre er ein musterhafter Kadett gewesen, wenn nicht sein aufbrausender Charakter. Er trank nicht, gab sich nicht mit Weibern ab und war ungewöhnlich wahrheitsliebend. Was ihn aber hinderte, musterhaft zu sein, das waren die Anfälle von Jähzorn, die ihn manchmal überkamen, bei denen er jede Selbstbeherrschung verlor und zu einem Tier wurde. Einmal hätte er beinahe einen Kadetten aus dem Fenster geworfen, der über seine Mineraliensammlung zu spotten versuchte. Ein anderes Mal hätte er sich beinahe zugrunde gerichtet: er warf eine ganze Platte mit Koteletts dem Wirtschaftsführer an den Kopf und stürzte sich auf den Offizier; man sagte auch, er hätte ihn sogar geschlagen, weil jener seine eigenen Worte verleugnet und gelogen habe. Man hätte ihn sicher zu einem Gemeinen degradiert, wenn nicht der Chef des Kadettenkorps die ganze Sache vertuscht und den Wirtschaftsführer entlassen hätte.

Mit achtzehn Jahren verließ er das Korps als Offizier eines aristokratischen Garderegiments. Kaiser Nikolai I. hatte ihn noch im Kadettenkorps gekannt und zeichnete ihn auch später im Regiment aus, so daß man ihm allgemein die Flügeladjutantenkarriere prophezeite. Kassatskij strebte auch selbst danach, weniger aus Ehrgeiz, als weil er den Kaiser noch von seiner Kadettenzeit her mit einer wahren Leidenschaft liebte. So oft Kaiser Nikolai I. das Kadettenkorps besuchte, und das geschah oft – wenn der große Mann im Militärrock mit rüstigen Schritten eintrat und die Kadetten mit lauter Stimme begrüßte – empfand Kassatskij das Entzücken eines Verliebten, das gleiche Entzücken, das er später empfand, wenn er dem Gegenstand seiner Liebe begegnete. Die verzückte Verliebtheit in den Kaiser war sogar größer: er wollte ihm immer seine grenzenlose Ergebenheit zeigen, ihm etwas, alles, sich selbst zum Opfer bringen. Nikolai I. wußte, daß er dieses Entzücken erregte, und pflegte es oft absichtlich zu wecken. Er spielte mit den Kadetten, weilte in ihrer Mitte und gab sich dabei bald kindlich einfach, bald freundschaftlich, bald feierlich und majestätisch. Nach der letzten Geschichte, die Kassatskij mit dem Offizier gehabt hatte, sagte ihm der Kaiser nichts; als aber jener ihm nahe kam, wies er ihn mit einer theatralischen Geste zurück, runzelte die Stirne und drohte ihm mit dem Finger, Später, als er aufbrach, sagte er ihm:

»Merken Sie sich, daß mir alles bekannt ist, ich aber gewisse Dinge nicht wissen will. Ich trage sie hier.«

Und er zeigte auf sein Herz.

Als die zu Offizieren beförderten Kadetten sich ihm vorstellten, kam er auf diese Sache nicht mehr zurück und sagte, was er immer zu sagen pflegte, daß sie sich in allen Fällen unmittelbar an ihn wenden dürften; sie sollten nur treu ihm und dem Vaterlande dienen, er aber werde immer ihr Freund bleiben. Alle waren wie immer gerührt, und Kassatskij, der den bewußten Vorfall nicht vergessen hatte, weinte vor Rührung und leistete das Gelübde, dem geliebten Zaren mit allen seinen Kräften zu dienen.

Als Kassatskij in das Regiment eintrat, zog seine Mutter mit der Tochter erst nach Moskau und dann aufs Land. Kassatskij trat der Schwester die Hälfte seines Vermögens ab und behielt sich nur soviel, als er für seinen eigenen Unterhalt in dem glänzenden Regiment, in dem er diente, brauchte.

Äußerlich erschien Kassatskij als der gewöhnliche junge, glänzende Gardeoffizier, der seine Karriere machen will, aber in seinem Inneren ging eine komplizierte und gespannte Arbeit vor sich. Diese innere Arbeit hatte seit seiner Kindheit scheinbar die verschiedensten Formen angenommen, war aber im Grunde genommen immer dieselbe gewesen: sie bestand im Bestreben, in allen Dingen, die sich ihm auf seinem Lebenswege boten, die höchste Vollkommenheit zu erreichen, die in allen Menschen Lob und Erstaunen weckten. Handelte es sich ums Exerzieren oder um die Wissenschaften – er faßte alles so an und arbeitete so lange, bis man ihn lobte und den anderen als ein Beispiel hinstellte. Und wenn er das eine erreicht hatte, machte er sich sofort an etwas anderes. So war er Erster in den Wissenschaften geworden; so hatte er es noch im Kadettenkorps, als er einmal bemerkt, daß er sich französisch ungeschickt ausdrückte, erreicht, daß er die französische Sprache wie die russische beherrschte; so hatte er später, gleichfalls noch im Kadettenkorps, als er sich dem Schachspiel gewidmet, auch darin die größte Fertigkeit erlangt.

Außer dem allgemeinen Lebensberuf, der im Dienste dem Zaren und dem Vaterland bestand, hatte er auch immer noch ein anderes Ziel, dem er sich, wie unbedeutend es auch manchmal war, immer ganz hingab und dem er sich so lange ausschließlich widmete, bis er es erreichte. Wenn er aber dieses bestimmte Ziel erreicht hatte, erstand in seinem Bewußtsein sofort ein anderes, das an die Stelle des früheren trat. Dieses Bestreben, sich auszuzeichnen, und zwar nur um sich auszuzeichnen und das vorgesteckte Ziel zu erreichen, füllte sein ganzes Leben. So setzte er sich gleich nach seiner Beförderung zum Offizier zum Ziel, die höchste Vollkommenheit im Dienste zu erreichen, und wurde bald zu einem musterhaften Offizier, wenn auch wieder mit dem gleichen Fehler der unaufhaltsamen Heftigkeit, die ihn auch im Dienste zu schlechten und für den Erfolg schädlichen Handlungen verleitete. Als er später einmal in einem Salongespräch an sich den Mangel einer allgemeinen Bildung wahrnahm, faßte er den Gedanken, diese zu vervollkommnen; er machte sich an die Bücher und erreichte das, was er wollte. Dann setzte er sich zum Ziel, eine glänzende Stellung in der höchsten Gesellschaft zu erringen; er lernte vorzüglich tanzen und erreichte damit sehr bald das, daß man ihn zu allen aristokratischen Bällen und vielen Gesellschaftsabenden einlud. Aber diese Stellung befriedigte ihn nicht. Er war gewohnt, immer der Erste zu sein, war es in Wirklichkeit aber bei weitem nicht.

Die höchste Gesellschaft bestand damals und besteht, wie ich glaube, immer und überall aus vier Kategorien von Menschen: 1. aus reichen und dem Hofe nahestehenden Menschen; 2. aus weniger reichen Menschen, die bei Hofe geboren und aufgewachsen sind; 3. aus reichen Menschen, die den Höflingen gleichtun, und 4. aus weder reichen, noch dem Hofe nahestehenden Menschen, die den einen oder den anderen gleichzutun streben. Kassatskij gehörte nicht zu den beiden ersten Kategorien, wurde aber in den Kreisen der beiden letzten gerne empfangen. Als er in die höhere Gesellschaft eintrat, setzte er sich sogar zum Ziel, ein Verhältnis mit einer Dame der höheren Kreise anzuknüpfen, was er, für ihn selbst unerwartet, bald erreichte. Aber er merkte sehr bald, daß die Kreise, in denen er sich bewegte, die niederen waren, daß es aber auch höhere Kreise gab und daß er in diesen Hofkreisen zwar empfangen wurde, aber ein Fremder war; man war höflich zu ihm, aber die Behandlung zeigte, daß da ein Unterschied zwischen »eigenen« und »fremden« gemacht wurde, er aber nicht zu den ersteren gehörte. Kassatskij wollte nun auch das erstere erreichen. Zu diesem Zweck mußte er entweder Flügeladjutant werden – und er hoffte darauf – oder in diesen Kreisen heiraten. Und er beschloß, dies zu tun. Seine Wahl fiel auf ein schönes junges Mädchen, das den Rang eines Hoffräuleins bekleidete, das in der Gesellschaft, in die er eintreten wollte, nicht nur zu Hause war, sondern deren Bekanntschaft auch die in diesen Kreisen am höchsten gestellten Menschen in den gesichertesten Positionen suchten. Es war die Komtesse Korotkowa. Kassatskij machte ihr nicht bloß wegen seiner Karriere den Hof – sie war ungemein schön und anziehend, und er verliebte sich bald in sie. Anfangs war sie kühl zu ihm, dann wurde aber plötzlich alles anders; sie behandelte ihn auf einmal besonders freundlich, und ihre Mutter lud ihn mit auffallendem Eifer zu sich ein.

Kassatskij machte den Antrag, und dieser wurde angenommen. Er staunte selbst über die Leichtigkeit, mit der er dieses Glück erreicht hatte, und über einen eigentümlichen, sonderbaren Ton im Benehmen der Mutter und der Tochter ihm gegenüber. Er war sehr verliebt und verblendet und merkte darum nicht das, was fast die ganze Stadt wußte: daß seine Braut vor einem Jahre die Geliebte des Kaisers gewesen war.

II

Zwei Wochen vor dem für die Hochzeit festgesetzten Tage war Kassatskij in der Sommerfrische bei seiner Braut in Zarskoje-Sselo. Es war ein heißer Maitag. Braut und Bräutigam spazierten im Garten und setzten sich auf eine Bank in der schattigen Lindenallee. Mary war in ihrem weißen Tüllkleide besonders hübsch. Sie erschien als die Verkörperung von Liebe und Unschuld. Sie saß mit gesenktem Kopf und blickte hie und da zu dem großen schönen Mann auf, der besonders zärtlich und vorsichtig mit ihr sprach, als fürchtete er, die englische Reinheit der Braut zu verletzen und zu beflecken. Kassatskij gehörte zu den Männern der vierziger Jahre, die es heute nicht mehr gibt – zu denen, die sich selbst jede Unsauberkeit in geschlechtlichen Dingen gestatteten und sie innerlich nicht verurteilten, aber von der Gattin eine ideale, himmlische Reinheit verlangten, diese himmlische Reinheit in jedem Mädchen ihres Kreises annahmen und sie entsprechend behandelten.

Diese Anschauung war in vielen Beziehungen falsch und, was die Ausschweifungen der Männer betrifft, schädlich; aber in bezug auf die Frauen war diese Anschauung, die sich von der Anschauung der heutigen jungen Männer, welche in jeder Frau und in jedem jungen Mädchen vor allen Dingen ein Weibchen, das ein Männchen sucht, sehen, scharf unterschied – in dieser Beziehung war diese Anschauung, wie ich glaube, von Nutzen. Die jungen Mädchen, die diese Vergöttlichung sahen, bemühten sich auch, mehr oder weniger Göttinnen zu sein. Dieser Anschauung huldigte auch Kassatekij und sah auch seine Braut so an. An diesem Tage war er besonders verliebt und empfand seiner Braut gegenüber nicht die leiseste sinnliche Regung, im Gegenteil, er sah sie mit Andacht wie etwas Unerreichbares an.

Er erhob sich in seiner ganzen Riesengröße und stand vor ihr, auf den Säbel gestützt.

»Ich habe erst jetzt das ganze Glück erfahren, das ein Mensch empfinden kann! Und Sie haben … du hast«, sagte er mit einem schüchternen Lächeln, »es mir gegeben!«

Er befand sich in der Periode, wo das »du« noch nicht zur Gewohnheit geworden war und wo er, der moralisch zu ihr hinaufsah, sich scheute, zu diesem Engel »du« zu sagen.

»Ich erkannte mich selbst … dank … dir, ich erkannte mich besser, als ich es geglaubt hatte.«

»Ich weiß es schon längst. Darum habe ich Sie auch liebgewonnen.«

In der Nähe begann eine Nachtigall zu schlagen, das frische Laub regte sich im leisen Windhauch.

Er nahm ihre Hand, küßte sie, und Tränen traten ihm in die Augen. Sie begriff, daß er ihr dankte, weil sie ihm gesagt hatte, sie habe ihn liebgewonnen. Er ging hin und her, schwieg eine Weile, kehrte dann wieder zu ihr zurück und setzte sich.

»Sie wissen, du weißt … Nun, es ist gleich. Als ich deine Bekanntschaft machte, war ich nicht ganz uneigennützig; ich wollte Beziehungen in den höheren Kreisen anknüpfen, aber später… wie nichtig wurde das alles im Vergleich mit dir, als ich dich kennenlernte. Du bist mir deswegen doch nicht böse?«

Sie antwortete nicht und berührte nur seine Hand mit der ihrigen.

Er begriff, daß es zu bedeuten hatte: Nein, ich bin dir nicht böse.

»Du hast eben gesagt« – er stockte, es erschien ihm allzu kühn – »du hast eben gesagt, du hättest mich liebgewonnen; verzeih, ich glaube dir, aber du hast außerdem etwas, was dich beunruhigt und stört. Was ist das?«

– Ja, entweder jetzt, oder niemals – dachte sie sich: Er wird es sowieso erfahren. Aber jetzt wird er nicht fortgehen. Ach, wie schrecklich wäre es, wenn er fortginge! –

Sie musterte seine ganze große, edle, mächtige Gestalt liebevoll mit den Blicken. Sie liebte ihn jetzt mehr als jenen anderen und würde ihn mit dem anderen nicht vertauschen.

»Hören Sie, ich kann nicht unaufrichtig sein. Ich muß Ihnen alles sagen. Sie fragen, was es sei? Nun, ich habe schon geliebt.«

Sie legte ihre Hand wie beschwörend auf die seine.

Er schwieg.

»Sie wollen wissen, wen? Nun, ihn…«

»Wir lieben ihn alle; ich kann mir denken, wie Sie im Institut...«

»Nein, später. Ich habe mich von ihm hinreißen lassen, dann ist es aber vergangen...Aber ich muß es Ihnen sagen...«

»Nun, was ist es denn?«

»Nein, ich habe ihn nicht einfach...«

Sie bedeckte das Gesicht mit den Händen.

»Wie? Sie haben sich ihm hingegeben?«

Sie schwieg.

»Als seine Geliebte?«

Sie schwieg.

Er sprang auf und stand blaß wie der Tod mit zitternden Backenknochen vor ihr. Er erinnerte sich jetzt, wie...

»Mein Gott! Was habe ich getan! Stiwa!«

»Rühren Sie mich nicht an, rühren Sie mich nicht an. Ach, es tut so weh!«

Er wandte sich um und ging ins Haus.

Im Hause traf er die Mutter.

»Was haben Sie, Fürst? Ich...

Als sie sein Gesicht sah, verstummte sie. Sein ganzes Blut schoß ihm plötzlich ins Gesicht.

»Sie haben alles gewußt und durch mich alles decken wollen. Wenn Sie beide nicht Frauen wären!« schrie er auf und hob seine mächtige Faust über ihren Kopf. Dann wandte er sich um und lief davon.

Gleich am nächsten Tag nahm er Urlaub, reichte ein Abschiedsgesuch ein, meldete sich krank, damit ihn niemand sähe, und fuhr aufs Land.

Er verbrachte den Sommer auf seinem Gute und ordnete seine Angelegenheiten. Als der Sommer zu Ende ging, kehrte er aber nicht mehr nach Petersburg zurück, sondern fuhr ins Kloster und wurde Mönch.

Die Mutter riet ihm in ihren Briefen von diesem entscheidenden Schritte ab. Er antwortete ihr, daß der Ruf Gottes über allen anderen Erwägungen stünde, er fühle aber diesen Beruf in sich. Nur seine Schwester, die ebenso stolz und ehrgeizig wie der Bruder war, verstand ihn. Sie begriff, daß er Mönch wurde, um über denen zu stehen, die ihm hatten zeigen wollen, daß sie über ihm stünden.

Sie beurteilte ihn richtig. Durch seinen Eintritt ins Kloster zeigte er, daß er alles verachtete, was den anderen und ihm selbst, als er noch diente, so wichtig erschien, und daß er eine neue Höhe errang, von der er auf die Menschen, die er früher beneidete, hinabsehen konnte. Aber es war nicht, wie seine Schwester Warenjka glaubte, dieses Gefühl allein, was ihn leitete. Es war auch noch etwas Anderes in ihm: ein echtes religiöses Gefühl, das Warenjka nicht kannte und das sich mit dem Stolze und dem Streben, Erster zu sein, verwob. Die Enttäuschung an Mary, die er sich als einen solchen Engel vorgestellt hatte, und die Kränkung waren so stark, daß sie ihn zur Verzweiflung brachten, die Verzweiflung brachte ihn aber, wohin? – zu Gott, zum kindlichen Glauben, der in ihm niemals gestört worden war.

III

Kassatskij trat am Festtage Mariä Schutz und Fürbitte ins Kloster.

Der Abt dieses Klosters war adliger Abstammung, ein gelehrter Schriftsteller und Starez, das heißt, er gehörte zu der aus der Walachei übernommenen, durch geistige Nachfolge festgesetzten Ordnung von Mönchen, die sich widerspruchslos einem erwählten Leiter und Meister fügen. Dieser Abt war ein Schüler des bekannten Starez Amwrossij, eines Schülers Makarijs, eines Schülers des Starez Leonid, eines Schülers Paissijs von Welitschkow. Diesem Abt unterordnete sich Kassatskij als seinem Starez.

Außer dem Bewußtsein seiner Überlegenheit über alle anderen, das Kassatskij auch im Kloster hatte, fand er auch hier in allen Dingen, die er unternahm, die Freude in der Erreichung der höchsten äußeren wie inneren Vollkommenheit. Ebenso wie er im Regiment nicht nur ein tadelloser Offizier gewesen war, sondern einer, der mehr tat, als verlangt wurde, und den Rahmen der Vollkommenheit immer erweiterte, so bemühte er sich auch als Mönch, vollkommen zu sein: arbeitsam, enthaltsam, demütig, sanft, keusch nicht nur in den Handlungen, sondern auch in den Gedanken, und gehorsam. Insbesondre war es diese letztere Eigenschaft oder Vollkommenheit, die ihm das Leben erleichterte. Wenn ihm viele Anforderungen des Mönchslebens im Kloster, das sich eines großen Besuchs erfreute, mißfielen und in ihm Ärgernis erregten, so wurde das alles durch den Gehorsam wettgemacht: es ist nicht meine Sache, zu räsonieren; meine Sache ist, die mir auferlegten Pflichten zu tragen – sei es das Wachen am Reliquienschreine, oder das Singen im Chore oder das Führen der Rechnungsbücher in der Klosterherberge. Jede Möglichkeit eines Zweifels an irgend etwas wurde durch den gleichen Gehorsam beseitigt. Wenn nicht dieser Gehorsam, so hätte er die lange Dauer und die Eintönigkeit der Gottesdienste, das unruhige Gebaren der Besucher und die schlechten Angewohnheiten der Brüderschaft als eine Last empfunden. So trug er dies alles nicht nur mit Freuden, sondern fand darin auch einen Trost und eine Stütze im Leben. »Ich weiß nicht, warum man einigemal am Tage die gleichen Gebete hören muß, aber ich weiß, daß es so sein muß. Und da ich weiß, daß es so sein muß, so finde ich Freude in ihnen.« Der Starez hatte ihm gesagt, daß, ebenso wie die körperliche Nahrung für die Erhaltung des Lebens notwendig sei, die geistige Nahrung – das kirchliche Gebet – der Erhaltung des geistlichen Lebens diene. Er glaubte daran, und der Kirchendienst, zu dem er des Morgens oft mit großer Mühe aufstand, gab ihm wirklich eine zweifellose Beruhigung und Freude. Freude fand er auch im Bewußtsein der Demut und der Zweifellosigkeit seiner Handlungen, die alle vom Starez vorgeschrieben wurden. Das Interesse seines Lebens bestand aber nicht nur in der immer größeren Unterwerfung seines Willens, in der immer größeren Demut, sondern auch in der Erreichung aller christlichen Tugenden, die ihm in der ersten Zeit so leicht erreichbar erschienen. Er hatte sein ganzes Vermögen seiner Schwester gegeben und bedauerte es nicht; die Demut vor den Geringeren fiel ihm nicht nur leicht, sondern verschaffte ihm auch Freude. Selbst sein Sieg über die Sünden, wie Habgier und Fleischeslust fiel ihm leicht. Der Starez hatte ihn besonders vor dieser letzteren Sünde gewarnt, aber Kassatskij freute sich, daß er von ihr gänzlich frei war.

Ihn quälte nur noch die Erinnerung an die Braut. Und nicht nur die Erinnerung, sondern die lebendige Vorstellung dessen, was hätte sein können. Unwillkürlich dachte er an eine seiner Bekannten, die später geheiratet hatte und eine vorzügliche Gattin und Mutter geworden war. Der Mann bekam aber einen hohen Posten und hatte Einfluß, Ehren und eine gute, reumütige Frau.

In seinen guten Augenblicken ließ sich Kassatskij von diesen Gedanken nicht verwirren. Wenn er in seinen guten Augenblicken daran dachte, so freute er sich, allen diesen Versuchungen entgangen zu sein. Es gab aber auch Augenblicke, wo alles, wovon er jetzt lebte, ihm plötzlich trübe erschien, wo er es, ohne den Glauben daran zu verlieren, nicht mehr sah, wo er das, wovon er lebte, in sich nicht mehr wachzurufen vermochte und sich seiner die Erinnerung und – es ist schrecklich zu sagen – die Reue ob seiner Bekehrung bemächtigten.

Die Rettung in diesem Zustande waren Gehorsam, Arbeit und tagelanges Beten. Dann betete er wie gewöhnlich, berührte mit der Stirne den Boden, betete sogar mehr als gewöhnlich, betete aber nur mit dem Körper und nicht mit der Seele. Das dauerte einen Tag, manchmal zwei Tage und verging dann von selbst. Aber dieser eine Tag oder die zwei Tage waren schrecklich. Kassatskij fühlte, daß er nicht mehr in seiner eigenen Gewalt, sogar nicht in der Gewalt Gottes war, sondern in einer fremden Gewalt. Alles, was er in solchen Fällen tun konnte und auch tat, war das, was ihm der Starez riet: sich beherrschen, in dieser Zeit nichts unternehmen und warten. Kassatskij lebte in solchen Zeiten überhaupt nicht nach seinem eigenen Willen, sondern nach dem Willen des Starez, und in diesem Gehorsam lag eine besondere Beruhigung.

So lebte Kassatskij im ersten Kloster, in das er eingetreten war, sieben Jahre. Am Ende des dritten Jahres wurde er zum Hieromonachen geweiht und erhielt den Namen Ssergij. Dies war für Ssergij ein tiefes inneres Erlebnis. Er hatte auch früher einen großen Trost und eine geistige Erhebung empfunden, wenn er das heilige Abendmahl empfing; und jetzt, wenn er selbst eine Messe zelebrieren durfte, geriet er beim Offertorium in den Zustand einer verzückten Rührung. Dieses Gefühl stumpfte aber dann immer mehr ab, und als er einmal die Messe in gedrückter Stimmung, wie er sie manchmal hatte, las, fühlte er, daß auch dies vergehen würde. Dieses Gefühl der Verzückung hatte in der Tat seine Kraft verloren, aber die Gewohnheit war geblieben.

Im siebenten Jahre seines Klosterlebens fing Ssergij sich überhaupt zu langweilen an. Alles, was er erlernen, alles, was er erreichen sollte, hatte er schon erreicht, und es blieb ihm nichts mehr zu tun übrig.

Dafür wurde die schlafähnliche Erstarrung immer stärker. In dieser Zeit erfuhr er vom Tode seiner Mutter und von der Verheiratung Marys. Beide Nachrichten nahm er gleichgültig auf. Seine ganze Aufmerksamkeit, alle seine Interessen waren auf sein Innenleben gerichtet.

Im vierten Jahre nach seiner Weihe zum Hicromonachen zeigte ihm der Bischof sein besonderes Wohlwollen, und der Starez sagte ihm, er dürfe nicht nein sagen, wenn man ihn zu einem höheren Amte beriefe. Nun regte sich in ihm der mönchische Ehrgeiz, derselbe, der an den Mönchen so abstoßend ist. Man wollte ihn in ein anderes Kloster versetzen, das in der Nähe der Hauptstadt lag. Er wollte die Beförderung nicht annehmen, aber der Starez befahl ihm, sie nicht zurückzuweisen. Er nahm die Berufung an, verabschiedete sich vom Starez und zog ins andere Kloster.

Die Versetzung in dieses hauptstädtische Kloster bedeutete ein großes Ereignis im Leben Ssergijs. Hier gab es eine Menge Versuchungen jeder Art, und alle Kräfte Ssergijs waren auf sie gerichtet.

Im ersten Kloster hatte Ssergij nur wenig unter der Versuchung der Fleischeslust zu leiden gehabt; hier erhob sie sich mit entsetzlicher Kraft und nahm zuletzt sogar eine bestimmte Form an. Eine Dame von bekannt schlechtem Lebenswandel begann Ssergij zu umschmeicheln. Sie zog ihn ins Gespräch und bat ihn, sie zu besuchen. Ssergij wies sie streng ab, erschrak aber vor der Bestimmtheit seines Begehrens. Er erschrak so, daß er darüber dem Starez schrieb. Er tat noch mehr: um sich zu bezähmen, rief er seinen jungen Novizen, gestand ihm, unter Unterdrückung aller Scham, seine Schwäche, und bat ihn, auf ihn achtzugeben und ihn nicht aus der Zelle zu lassen, es sei denn zum Gottesdienste oder zu geistlichen Übungen.

Ein großes Ärgernis lag für Ssergij außerdem auch darin, daß der Abt dieses Klosters, ein geschickter Mensch mit gesellschaftlichem Schliff, der seine geistliche Karriere machte, ihm im höchsten Grade antipathisch war. Ssergij vermochte diese Antipathie trotz aller Bemühungen nicht niederzukämpfen. Er demütigte sich, hörte aber in der Tiefe seiner Seele nicht auf, den Abt zu verurteilen. Und dieses schlechte Gefühl kam einmal offen zum Ausbruch.

Das war im zweiten Jahre seines Aufenthaltes im neuen Kloster.

Es kam so. Am Festtage Mariä Schutz und Fürbitte wurde der Abendgottesdienst in der großen Kirche abgehalten. Zu diesem Gottesdienste waren viele Fremde gekommen. Der Abt selbst zelebrierte die Messe. P. Ssergij stand auf seinem gewohnten Platz und betete, d. h. er befand sich in dem Zustande des inneren Kampfes, der in ihm immer während des Gottesdienstes, besonders in der großen Kirche tobte, wenn er ihn nicht selbst abhielt. Der Kampf bestand darin, daß er sich über die Besucher, die feinen Herren und besonders die Damen ärgerte. Er bemühte sich, sie nicht zu sehen, nicht zu merken, was um ihn vorging – nicht zu sehen, wie ein

Soldat ihnen den Weg durch die Menge bahnte, wie die Damen einander die Mönche zeigten, oft sogar ihn selbst und einen anderen, wegen seiner Schönheit bekannten Mönch. Er bemühte sich, seiner Aufmerksamkeit Scheuklappen aufzusetzen und nichts zu sehen außer den vor dem Ikonostas brennenden Kerzen, den Ikonen und den Priestern; nichts zu hören außer den gesprochenen und gesungenen Worten der Gebete, nichts zu empfinden außer dem Gefühl des Selbstvergessenes und der Erfüllung seiner Pflicht, das er immer empfand, wenn er die schon so oft vorher gehörten Gebete hörte und wiederholte.

So stand er da, verbeugte sich und bekreuzigte sich, wo es vorgeschrieben war, kämpfte und gab sich bald der kalten Verurteilung und bald der bewußt heraufbeschworenen Erstarrung der Gedanken und Gefühle hin, als der Sakristan, P. Nikodim, der gleichfalls ein großes Ärgernis für P. Ssergij bedeutete – Nikodim, den er unwillkürlich anklagte, sich beim Abte einschmeicheln zu wollen – auf ihn zuging und ihm mit einer tiefen Verbeugung sagte, daß der Abt ihn zu sich in die Sakristei rufe. P. Ssergij zupfte seinen Mantel zurecht, setzte die Kapuze auf und ging vorsichtig durch die Menge.

» *Lise, regardez à droite, c′ est lui*,« sagte eine weibliche Stimme.

» *Où, où? Il n′est pas tellement beau.*«

Er wußte, daß diese Worte ihm galten. Er hörte sie und wiederholte vor sich wie bei allen Anfechtungen: »Und führe uns nicht in Versuchung.« Er ging mit gesenktem Kopf und niedergeschlagenen Augen an der Empore vorbei und um die Vorsänger in den Chorhemden, die gerade am Ikonostas vorbeigingen, herum, und trat in die Nordpforte. In der Sakristei verneigte er sich zuerst, der Sitte gemäß, vor der Ikone, bekreuzigte sich und hob dann den Kopf zum Abt, den er wie auch eine andere neben ihm stehende glänzende Gestalt nur mit einem Winkel des Auges sah, ohne sich zu ihnen zu wenden.

Der Abt stand im Ornat an der Wand, hielt die kurzen, rundlichen Händchen über dem dicken Bauche, nestelte an einer Goldborte des Ornats und sprach lächelnd mit einem General in der Uniform der kaiserlichen Suite mit Chiffren auf den Epauletten und mit Achselschnüren, die P. Ssergij mit seinem geübten Offiziersauge sofort erkannte. Dieser General war der einstige Kommandeur seines Regiments. Jetzt bekleidete er offenbar einen hohen Posten, und P. Ssergij merkte sofort, daß der Abt es wußte und sich darüber freute und daß sein rotes, dickes Gesicht mit der Glatze darum so strahlte. Dies kränkte und betrübte P. Ssergij, und dieses Gefühl wurde noch stärker, als er vom Abt hörte, daß er ihn nur dazu gerufen hatte, um die Neugier des Generals zu befriedigen, der seinen ehemaligen Regimentskameraden, wie er sich ausdrückte, sehen wollte.

»Ich freue mich, Sie in englischer Gestalt zu sehen,« sagte der General, ihm die Hand reichend, »ich hoffe, Sie haben Ihren alten Kameraden nicht vergessen.«

Alles: das rote Gesicht des Abtes, das unter den grauen Haaren lächelte und das, was der General sprach, gutzuheißen schien, das gepflegte Gesicht des Generals mit dem selbstzufriedenen Lächeln, der Geruch von Wein, der seinem Munde, und der von Zigarren, der seinem Backenbart entströmte – dies alles brachte P. Ssergij aus der Fassung. Er verbeugte sich noch einmal vor dem Abt und sagte:

»Hochwürden haben mich gerufen?«

Der Ausdruck seines Gesichts und seiner Augen sagten: wozu?

Der Abt sagte:

»Damit der General Sie sprechen kann.«

»Euer Hochwürden, ich habe die Welt verlassen, um mich vor den Versuchungen zu retten,« sagte er blaß, mit bebenden Lippen.

»Warum stellen Sie mich vor sie hier während des Gebets in der Kirche Gottes?«

»Geh, geh,« sagte der Abt auffahrend und runzelte die Stirn.

P. Ssergij bat am folgenden Tag den Abt und die Brüderschaft um Verzeihung wegen seines Stolzes, beschloß aber zugleich nach einer im Gebet verbrachten Nacht, dieses Kloster zu verlassen und schrieb darüber einen Brief an seinen Starez, in dem er ihn anflehte, ihm zu erlauben, in sein Kloster zurückzukehren. Er schrieb, daß er seine Schwäche und Ohnmacht fühle, allein, ohne Hilfe des Starez gegen die Versuchungen anzukämpfen, und beichtete seine Sünde des Hochmuts. Mit nächster Post kam ein Brief vom Starez, der ihm schrieb, daß die Ursache von allem sein Hochmut sei. Der Starez erklärte ihm, daß sein Zornausbruch daher gekommen sei, weil er sich gedemütigt und auf die geistlichen Ehren nicht um Gottes, sondern um seines eigenen Hochmuts willen verzichtet habe: Seht, was für ein Mensch ich bin, ich brauche nichts! Darum habe er auch das Benehmen des Abtes nicht ertragen können. Ich habe alles zur Ehre Gottes verschmäht, man zeigt mich aber den Leuten wie ein wildes Tier. »Hättest du auf alle Ehren Gott zuliebe verzichtet, so hättest du es ertragen. In dir ist der weltliche Hochmut noch nicht erloschen. Ich habe an dich viel gedacht, mein Sohn Ssergij, und gebetet, und Gott hat mir dieses eingegeben: In der Einsiedelei von Tambino ist der Einsiedler Illarion, der ein heiliges Leben geführt hat, gestorben. Er hat dort achtzehn Jahre gelebt. Nun fragt mich der Abt von Tambino, ob ich nicht einen Bruder kenne, der dort leben möchte. Da kommt gerade dein Brief. Geh' zu P. Paissij nach Tambino; ich werde ihm schreiben, du bitte ihn aber, in der Zelle Illarions leben zu dürfen. Nicht weil du Illarion ersetzen könntest, sondern weil du Einsamkeit brauchst, um deinen Hochmut zu demütigen. Gott segne dich.«

Ssergij hörte auf den Starez, zeigte seinen Brief dem Abt, übergab mit dessen Genehmigung seine Zelle und alle seine Sachen dem Kloster und zog nach Tambino.

Der Vorsteher der Einsiedelei von Tambino, ein vorzüglicher Wirt aus dem Kaufmannsstande, empfing Ssergij ruhig und einfach, wies ihm die Zelle Illarions an, gab ihm zuerst einen Zellendiener und ließ ihn dann auf seinen Wunsch allein. Die Zelle war eine in den Berg gegrabene Höhle. In ihr war Illarion beerdigt. In der hinteren Höhle war das Grab Illarions und in der vorderen befanden sich eine Nische zum Schlafen, mit einer Strohmatratze, ein Tischchen und ein Wandbort mit Ikonen und Büchern. An der Außentüre, die sich absperren ließ, war ein Brettchen angebracht, auf das ein Mönch aus dem Kloster jeden Tag das Essen stellte.

Und P. Ssergij wurde Einsiedler.

In der Butterwoche des sechsten Jahres des Einsiedlerlebens Ssergijs, unternahm in der Nachbarstadt eine lustige Gesellschaft von reichen Männern und Frauen nach einem Abendessen mit Bliny Russische Fastnachtsspeise, eine Art Pfannkuchen. (Anm. d. Übers.) und Wein eine Troikafahrt. Die Gesellschaft bestand aus zwei Rechtsanwälten, einem reichen Gutsbesitzer, einem Offizier und vier Damen. Die eine war die Frau des Offiziers, die andere die des Gutsbesitzers, die dritte die unverheiratete Schwester des Gutsbesitzers und die vierte eine hübsche und reiche geschiedene Frau, die die ganze Stadt durch ihre tollen Streiche in Erstaunen und Aufruhr setzte.

Das Wetter war herrlich, der Weg wie Parkett.

Nachdem sie an die zehn Werst vor die Stadt gefahren waren, ließen sie den Schlitten halten und berieten sich, wohin sie nun fahren sollten: zurück oder weiter.

»Wohin führt denn diese Straße?« fragte die hübsche geschiedene Frau Makowkina.

»Nach Tambino sind von hier noch zwölf Werst,« sagte der Rechtsanwalt, der ihr den Hof machte.

»Und weiter?«

»Weiter nach L., am Kloster vorbei.«

»Wo P. Ssergij wohnt?«

»Ja.«

»Kassatskij? Der schöne Einsiedler?«

»Ja.«

»Meine Damen und Herren! Fahren wir zu Kassatskij. In Tambino wollen wir ausruhen und etwas essen.«

»Aber so kommen wir heute nacht nicht mehr heim.«

»Macht nichts, wir übernachten bei Kassatskij.«

»Es gibt dort allerdings eine sehr gute Klosterherberge. Ich bin dort gewesen, als ich den Machin verteidigte.«

»Nein, ich werde bei Kassatskij übernachten.«

»Na, das wird Ihnen trotz Ihrer Allmacht nicht gelingen.«

»Es wird mir nicht gelingen? Wetten wir!«

»Gemacht. Wenn Sie bei ihm übernachten, kriegen Sie von mir, was Sie wollen.«

»A discretion.«

»Sie auch?«

»Gewiß. Fahren wir.«

Man gab den Kutschern Schnaps. Dann holte man den Korb mit Pasteten, Wein und Bonbons hervor, und die Damen hüllten sich in weiße Pelze aus Hundefell. Die Kutscher stritten, wer voraus fahren sollte; ein junger Bursche setzte sich seitwärts auf den Bock, schwang die lange Peitsche, schrie die Pferde an – und die Schellen begannen zu klingen und die Kufen zu knirschen.

Die Schlitten zitterten und schwankten leise, das Seitenpferd galoppierte lustig und gleichmäßig mit seinem kurz angebundenen Schweif über dem verzierten Kreuzriemen, die glatte Fastnachtsstraße enteilte schnell unter den Kufen, der Kutscher hantierte elegant mit den Zügeln, der Rechtsanwalt und der Offizier, die den Damen gegenüber saßen, logen etwas der Nachbarin der Frau Makowkina vor, sie selbst aber saß unbeweglich, fest in den Pelz gehüllt da und dachte sich: »Immer dasselbe, und alles gleich ekelhaft: die gleichen nach Wein und Tabak riechenden, rotglänzenden Gesichter, die gleichen Worte und Gedanken, und alles dreht sich um die gleiche Gemeinheit. Dabei sind sie alle zufrieden und überzeugt, daß es so sein müsse und daß sie so bis zu ihrem Tode leben können. Ich kann es nicht. Es ist mir langweilig. Ich brauche etwas, was dies alles umwürfe und zunichte machte. Wenn es wenigstens so käme, wie in Ssaratow, glaube ich, wo eine ganze Gesellschaft bei einer Schlittenpartie erfror. Was würden aber diese machen? Wie würden sie sich benehmen? Sicher auf die gemeinste Weise. Ein jeder würde nur an sich denken. Auch ich würde mich ebenso gemein benehmen. Aber ich bin wenigstens

hübsch. Und sie wissen das. Nun, und der Mönch? Hat er denn dafür kein Verständnis mehr?
Es kann nicht sein. Das verstehen sie alle. So war es auch im Herbst mit dem Kadetten. Was
war er doch für ein Dummkopf.«

»Iwan Nikolajewitsch!« sagte sie.

»Was steht zu Diensten?«

»Wie alt ist er doch?«

»Wer?«

»Kassatskij.«

»Ich glaube, so über vierzig.«

»Empfängt er alle?«

»Ja, alle, aber nicht immer.«

»Decken Sie mir die Füße zu. Nicht so. Wie ungeschickt Sie sind! Nun, noch, noch, ja, so.
Aber Sie brauchen mir dabei meine Füße nicht zu drücken.«

So fuhren sie bis zum Walde, in dem sich die Zelle befand.

Frau Makowkina stieg aus und bat die anderen, weiterzufahren. Sie rieten ihr ab, sie wurde
aber böse und bestand auf ihrem Wunsch. Der Schlitten fuhr davon, sie schlug aber in ihrem
weißen Hundepelz einen Fußpfad ein. Auch der Rechtsanwalt stieg aus und blieb, um zuzu-
schauen.

P. Ssergij lebte schon das sechste Jahr in Klausur. Er war neunundvierzig Jahre alt. Sein Leben war schwer: er litt nicht unter der Last des Fastens und Gebets, sondern unter dem inneren Kampf, den er niemals erwartet hätte. Dieser Kampf hatte zwei Quellen: den Zweifel und die Fleischeslust, und diese beiden Feinde erhoben sich in ihm immer zugleich. Er hielt sie für zwei verschiedene Feinde, während es in Wirklichkeit nur einer war. Wenn der Zweifel sich legte, so verschwand auch gleich die Fleischeslust. Er aber glaubte, es seien zwei verschiedene Teufel und kämpfte gegen sie gesondert.

– Mein Gott, mein Gott – dachte er – warum versagst Du mir den Glauben? Ja, die Fleischeslust. Gegen sie kämpften schon Antonius und andere Heilige, aber der Glaube… Sie hatten ihn, bei mir gibt es aber Minuten, Stunden, Tage, wo ich ihn nicht habe. Wozu ist die ganze Welt mit ihrer ganzen Schönheit, wenn sie voller Sünde ist und man sich von ihr lossagen muß? Wozu hast Du diese Versuchung erschaffen? Die Versuchung? Ist es aber keine Versuchung, daß ich die Freuden der Welt fliehe und mir etwas dort vorbereite, wo vielleicht gar nichts ist? – sagte er sich voll Entsetzen und Abscheu vor sich selbst. – Verworfenes Geschöpf! Du willst heilig sein! – schimpfte er auf sich. Und er fing zu beten an. Kaum stand er aber im Gebet, als er sich vorstellte, wie ehrwürdig er im Kloster in der Kapuze und Mantel ausgesehen hatte. Er schüttelte den Kopf. – Nein, das ist nicht das Richtige. Das ist Betrug. Ich kann aber nur die anderen betrügen, doch nicht mich selbst und Gott. Ich bin kein ehrwürdiger, sondern ein elender und lächerlicher Mensch. – Und er hob die Schöße seiner Kutte, sah auf seine elenden Beine in den Unterhosen und lächelte.

Dann ließ er die Schöße fallen und fing an, Gebete zu sprechen, sich zu bekreuzigen und zu bücken. »Wird denn dieses Lager mein Sarg sein?« las er. Es war ihm, wie wenn ihm ein Teufel zuflüsterte: »Ein einsames Lager ist dein Sarg. Lüge!« Und er sah vor sich die Schultern der Witwe, mit der er einst ein Verhältnis gehabt hatte. Er schüttelte sich und las weiter. Nachdem er die vorgeschriebenen Gebete gelesen hatte, nahm er das Evangelium vor und schlug es an der Stelle auf, die er oft vor sich wiederholte und auswendig kannte: »Ich glaube, lieber Herr, hilf meinem Unglauben!« So räumte er alle ihn bedrängenden Zweifel weg. Wie man einen Gegenstand mit labilem Gleichgewicht aufstellt, so stellte er seinen Glauben auf schwankendem Fuße auf und trat vorsichtig zurück, um ihn nicht anzustoßen und umzuwerfen. Er setzte sich wieder die Scheuklappen vor und beruhigte sich. Er wiederholte sein kindliches Gebet: »Herr, nimm mich hin, nimm mich hin!« Und es wurde ihm nicht nur leicht, sondern auch freudig zumute. Er bekreuzigte sich, legte sich auf die schmale Bank mit der dünnen Matte, schob sich die Sommerkutte unter den Kopf und schlief ein.

In seinem leisen Schlaf glaubte er ein Schellengeläute zu hören. Er wußte nicht, ob er es im Wachen oder im Schlafe hörte. Aus dem Schlafe weckte ihn ein Klopfen an die Tür. Er erhob sich, traute aber seinen Ohren nicht. Das Klopfen wiederholte sich. Ja, es wurde ganz nahe, an seine Tür geklopft, und er erkannte eine Frauenstimme.

– Mein Gott! Ist es denn wirklich wahr, was ich im Heiligenleben gelesen habe? …Ja, es ist eine Frauenstimme. Und sie klingt so zart, scheu, lieb. Pfui! – Er spie aus. – Nein, es kommt mir nur so vor. – Er ging in die Ecke, wo ein Betpult stand, und sank mit der gewohnten, vorschriftsmäßigen Bewegung, in der er einen Trost und eine Freude fand, in die Knie. Er kniete nieder, bückte sich, so daß die Haare ihm übers Gesicht fielen, und drückte seine kahle Stirn an den feuchten und kalten Boden.

Er las den Psalm, der, wie ihm der alte P. Pimen gesagt hatte, gegen die Anfechtung des Bösen helfen sollte. Er richtete seinen abgezehrten, leichten Körper leicht auf seinen starken, nervösen Beinen auf und wollte weiterlesen, las aber nicht, sondern spannte unwillkürlich sein Gehör an, um zu hören. Er wollte hören. Es war ganz still. Vom Dache fielen immer die gleichen Tropfen in das Faß, das in der Ecke stand. Draußen herrschte ein Nebel, der den Schnee verzehrte. Es war ganz still. Plötzlich raschelte es am Fenster, und die gleiche zarte, scheue Stimme, eine Stimme, die nur einer bezaubernden Frau angehören konnte, sprach:

»Lassen Sie mich ein. Um Christi Willen...«

Es war ihm, als strömte ihm sein ganzes Blut zum Herzen und stockte. Er konnte nicht einmal Atem holen. »Es stehe Gott auf, daß seine Feinde zerstreuet werden...«

»Ich bin ja kein Teufel...« Er hörte, wie die Lippen, die das sagten, lächelten. »Ich bin kein Teufel, sondern einfach eine sündige Frau. Ich habe mich verirrt – nicht im übertragenen, sondern im buchstäblichen Sinne dieses Wortes (sie lachte), bin ganz erfroren und bitte um Obdach...«

Er drückte sein Gesicht an die Fensterscheibe. Das Lämpchen spiegelte sich aber an allen Stellen der Scheibe. Er hielt sich die Hände zu beiden Seiten des Gesichts vor und sah hinaus. Ein Nebel, ein Baum, und rechts vom Baume – sie. Ja, sie, eine Frau in einem langhaarigen weißen Pelze, mit einer Pelzmütze auf dem Kopfe, mit einem lieben, lieben, guten, erschrockenen Gesicht, nur wenige Zoll vor seinem Gesicht, zu ihm vorgebeugt. Ihre Augen trafen sich und erkannten einander. Nicht etwa in dem Sinne, als hätten sie einander schon einmal gesehen: sie hatten sich niemals gesehen, aber an dem Blick, den sie tauschten, erkannten sie beide (ganz besonders er), daß sie einander kennen und verstehen. Nach diesem Blick konnte man nicht mehr zweifeln, daß es eine einfache, gute, liebe, schüchterne Frau und kein Teufel war.

»Wer sind Sie? Was wollen Sie?« fragte er.

»Machen Sie doch auf!« sagte sie in einem eigensinnig befehlenden Ton. »Ich bin ganz erfroren. Ich sage Ihnen doch, daß ich mich verirrt habe.«

»Ich bin Mönch, Einsiedler.«

»Also machen Sie auf. Wollen Sie denn, daß ich unter Ihrem Fenster erfriere, während Sie beten?«

»Wie kommen Sie...«

»Ich fresse Sie nicht auf. Lassen Sie mich um Gottes willen ein. Ich bin erfroren.«

Es wurde ihr selbst unheimlich zumute. Sie sagte das beinahe weinend.

Er wandte sich vom Fenster weg und blickte auf das Bild Christi mit der Dornenkrone. »Herr, hilf mir, Herr, hilf mir!« sagte er, sich bekreuzigend und tief verneigend. Dann ging er zur Tür und trat in den kleinen Vorraum. Hier fand er tastend den Türhaken und begann ihn loszumachen. Von der anderen Seite tönten Schritte. Sie ging vom Fenster zur Türe. »Au!« schrie sie plötzlich auf. Er begriff, daß sie mit dem Fuße in eine Pfütze geraten war, die sich vor seiner Schwelle gebildet hatte. Seine Hände zitterten, und er konnte unmöglich den gespannten Türhaken losmachen.

»Was machen Sie denn, lassen Sie mich ein. Ich bin ganz naß. Und erfroren. Sie denken an Ihr Seelenheil, und ich erfriere hier.«

Er zog die Türe zu sich, hob den Haken und machte die Tür so heftig auf, daß er sie anstieß.

»Ach, entschuldigen Sie!« sagte er, plötzlich ganz in seinen einstigen, gewohnten Ton im Umgange mit Damen verfallend.

Sie lächelte, als sie dieses »entschuldigen Sie« hörte. Nun, er ist doch nicht so schrecklich – dachte sie sich.

»Tut nichts, tut nichts. Entschuldigen Sie mich,« sagte sie, an ihm vorbeigehend. »Ich hätte mich nie entschlossen, aber in diesem besonderen Falle...«

»Treten Sie ein,« sagte er, sie einlassend. Der starke Duft eines feinen Parfüms, den er lange nicht geatmet, schlug ihm entgegen. Sie trat in die Stube. Er machte die Außentüre zu, schloß sie aber nicht ab und kam ebenfalls in die Stube.

»Herr Jesu Christ, Sohn Gottes, sei mir Sünder gnädig! Herr, sei mir Sünder gnädig!« betete er ununterbrochen nicht nur innerlich, sondern auch unwillkürlich mit den Lippen.

»Ich bitte!« sagte er.

Sie stand mitten im Zimmer, und das Wasser lief von ihr auf den Boden. Sie betrachtete ihn, und ihre Augen lächelten.

»Verzeihen Sie, daß ich Ihre Einsamkeit gestört habe. Aber Sie sehen doch, in was für einer Lage ich bin. Es kam so, daß wir aus der Stadt eine Spazierfahrt machten und ich mit den anderen wettete, ich würde von Worobjomka allein zur Stadt gehen. Aber ich verirrte mich, und wäre ich nicht auf Ihre Zelle gestoßen...« begann sie zu lügen. Aber sein Gesicht verwirrte sie dermaßen, daß sie nicht weiter konnte und verstummte. Sie hatte ihn sich ganz anders vorgestellt. Er war nicht der hübsche Mann, wie sie ihn sich ausgemalt hatte, aber er erschien ihr doch schön; die hie und da ergrauten lockigen Haupt- und Barthaare, die regelmäßige feine Nase und die Augen, die wie Kohlen brannten, wenn er gerade vor sich hin blickte, machten auf sie einen starken Eindruck.

Er sah, daß sie log.

»Ja, gut,« sagte er, sie anblickend und wieder die Augen senkend. »Ich gehe hinüber, machen Sie sich's nur bequem.«

Er nahm das Lämpchen von der Wand, zündete eine Kerze an, verbeugte sich tief vor ihr und ging in die kleine Kammer hinter dem Bretterverschlag. Sie hörte, wie er sich dort zu schaffen machte. – Er schließt sich wohl vor mir ab – dachte sie sich lächelnd. Dann zog sie den weißen Pelzmantel aus und nahm die Pelzmütze, die sich von ihren Haaren nicht gleich losreißen ließ, und das gestrickte Tuch, das sie unter der Mütze trug, ab. Sie war gar nicht naß geworden, als sie vor dem Fenster gestanden hatte: es war nur ein Vorwand, damit er sie einlasse. Aber vor der Tür war sie wirklich in eine Pfütze getreten, und ihr linker Fuß war bis zur Wade naß und der Schuh voll Wasser. Sie setzte sich auf sein Lager – ein mit einer Matte bedecktes Brett, und begann Schuhe und Strümpfe auszuziehen. Die Zelle erschien ihr reizend. Das schmale, etwa drei Ellen breite und vier Ellen lange Stübchen war blitzsauber. Es gab darin nur die Bank, auf der sie saß, ein Bücherbrett darüber und ein Betpult in der Ecke. Auf dem Nagel an der Türe hingen ein Pelz und eine Kutte. Über dem Betpult – das Bild Christi in der Dornenkrone und ein Lämpchen davor. Es roch so sonderbar: nach Baumöl, Schweiß und Erde. Alles gefiel ihr hier, sogar dieser Geruch. Die nassen Füße, besonders der eine, verursachten ihr Unbehagen, und sie beeilte sich, Schuhe und Strümpfe auszuziehen; sie lächelte immerfort und freute sich, weniger darüber, daß sie ihr Ziel erreicht, als daß sie gesehen, daß sie diesen bezaubernden, merkwürdigen, sonderbaren und anziehenden Mann in Verwirrung gebracht hatte. – Nun, er hat mir nicht geantwortet, das ist noch kein Unglück – sagte sie sich.

»P. Ssergij! P. Ssergij! Sie heißen doch so?«

»Was wünschen Sie?« antwortete eine leise Stimme.

»Verzeihen Sie, bitte, daß ich Sie in Ihrer Einsamkeit gestört habe, aber ich konnte nicht anders. Ich wäre einfach krank geworden. Ich weiß nicht, ob ich es nicht schon bin. Ich bin ganz durchnäßt, die Füße sind wie Eis.«

»Verzeihen Sie,« antwortete die leise Stimme, »ich kann Ihnen mit nichts dienen.«

»Ich hätte Sie sonst nicht belästigt. Ich bleibe nur bis zum Morgengrauen hier.«

Er antwortete nicht, und sie hörte ihn etwas flüstern, offenbar betete er.

»Sie werden doch nicht hereinkommen?« fragte sie lächelnd. »Denn ich muß mich ausziehen, um meine Kleider zu trocknen.«

Er antwortete nicht und fuhr fort, hinter der Wand mit eintöniger Stimme die Gebete zu sprechen.

– Ja, das ist ein Mensch! – dachte sie sich, während sie sich mit dem Überschuh, der voller Wasser war, abmühte. Sie zog an ihm und konnte ihn nicht vom Fuße ziehen, und das kam ihr so komisch vor. Sie fing an, ganz leise zu lachen; da sie aber wußte, daß er ihr Lachen hörte und daß dieses Lachen auf ihn gerade so wirken würde, wie sie es wollte, lachte sie lauter, und dieses luftige, natürliche, gutmütige Lachen wirkte auf ihn wirklich so, wie sie es wollte.

– Ja, einen solchen Mann kann man liebgewinnen. Diese Augen und dieses einfache, edle Gesicht, das so leidenschaftlich ist, und wenn er noch so eifrig seine Gebete murmelt – dachte sie sich. – Uns Frauen kann man nicht so leicht betrügen, schon als er sein Gesicht an die Scheibe drückte und mich sah, verstand und erkannte er mich. In seinen Augen blitzte es auf, und etwas ist in ihnen geblieben. Er hat Liebe und Verlangen nach mir gefühlt. Ja, er hat mich begehrt – sagte sie sich. Endlich hatte sie sich der Überschuhe und Schuhe entledigt und machte sich an die Strümpfe. Um die langen, an Gummibänder befestigten Strümpfe auszuziehen, mußte sie die Röcke heben, sie fühlte sich geniert und sagte:

»Kommen sie bitte nicht herein.«

Aber hinter der Wand kam keine Antwort, sie hörte ihn nur murmeln und irgendwelche Bewegungen machen – Er verneigt sich wohl bis zur Erde – dachte sie sich. – Aber das wird ihm nicht helfen. Er denkt ebenso an mich, wie ich an ihn. Er denkt mit dem gleichen Gefühl an diese Beine – sagte sie sich, als sie sich der nassen Strümpfe entledigt und die bloßen Füße auf die Bank hinaufgezogen hatte. Sie saß eine Weile da, die Knie mit den Händen umfassend und nachdenklich vor sich blickend. – Ja, das ist die Einsamkeit, das ist die Stille. Und niemand würde es erfahren... –

Sie stand auf, trug die Strümpfe zum Ofen und hängte sie an die Ofenklappe – es war eine eigentümliche Klappe. Sie drehte sie einmal um, kehrte dann, mit ihren bloßen Füßen leicht schreitend, zu der Bank zurück, setzte sich auf sie und zog die Beine ein. Hinter der Wand war es ganz still geworden. Sie sah auf die winzige Uhr, die sie am Halse hängen hatte. Es war zwei. – Die Gesellschaft wird mich gegen drei anholen. – Es blieb ihr nur noch eine Stunde.

– Werde ich denn allein dasitzen? Unsinn! Ich will nicht. Ich werde ihn gleich herrufen. –

»P. Ssergij! ... P. Ssergij! ... Ssergej Dmitrijewitsch! ... Fürst Kassatskij! ...«

Hinter der Tür blieb es still.

»Hören Sie, es ist doch grausam. Ich würde Sie nicht rufen, wenn ich nicht müßte. Ich bin krank, ich weiß nicht, was mit mir ist,« begann sie mit leidender Stimme. »Ach, ach!« stöhnte sie, auf das Lager niederfallend. Und seltsam: sie fühlte plötzlich wirklich eine qualvolle Erschöpfung, Schmerz im ganzen Körper und Schüttelfrost.

»Hören Sie, helfen Sie mir doch. Ich weiß nicht, was mit mir ist. Ach, ach!« sie knöpfte das Kleid vorne auf, entblößte die Brust und warf die bis zu den Ellenbogen nackten Arme zurück. »Ach, ach!«

Er stand währenddessen in seiner Kammer und betete. Er hatte schon alle Abendgebete verrichtet und stand nun unbeweglich, die Augen auf die Nasenspitze gerichtet, und wiederholte im Geiste fortwährend: »Herr Jesu Christ, Sohn Gottes, sei mir gnädig!«

Aber er hörte alles. Er hörte, wie ihr seidenes Kleid raschelte, als sie es auszog, wie sie mit den bloßen Füßen auf den Boden trat, er hörte, wie sie sich die Füße mit den Händen rieb. Er fühlte seine Schwäche und daß er jeden Augenblick ins Verderben stürzen konnte, und betete darum ununterbrochen. Er empfand etwas in der Art, wie der Märchenheld, der immer weiter gehen mußte, ohne sich umzublicken. So hörte und fühlte auch Ssergij, daß die Gefahr ganz nahe war, über ihm, um ihn, und daß er sich nur dann retten konnte, wenn er sich für keinen Augenblick zu ihr umwandte. Plötzlich bemächtigte sich aber seiner das Verlangen, einen Blick auf sie zu werfen. In diesem Moment sagte sie:

»Hören Sie, es ist doch unmenschlich, ich kann sterben.«

– Ja, ich werde hingehen, es aber so machen, wie jener Heilige, der die eine Hand auf die Buhlerin legte und die andere über glühende Kohlen hielt. Ich habe aber keine Kohlen hier. – Er sah sich um. Die Lampe. Er hielt den Finger über die Flamme, runzelte die Stirn und wartete auf den Schmerz. Über eine recht lange Zeit glaubte er nichts zu fühlen; er war sich noch nicht klar, ob es weh tat und ob der Schmerz stark genug war, als er plötzlich das Gesicht verzog, die Hand von der Flamme nahm und sie durch die Luft schwang. – Nein, ich kann es nicht. –

»Am Gottes willen! Ach, kommen Sie doch her! Ich sterbe! Ach!« – Soll ich mich denn ins Verderben stürzen? Nein! –

»Ich komme gleich,« sagte er. Dann öffnete er seine Tür, ging, ohne sie anzusehen, an ihr vorbei in den Vorraum, wo er Holz zu hacken pflegte, und fand tastend den Klotz und das an die Wand gelehnte Beil.

»Sofort,« sagte er. Dann ergriff er das Beil mit der rechten Hand, legte den Zeigefinger der Linken auf den Klotz, hob das Beil und ließ es auf den Finger, unterhalb des zweiten Gliedes niederfallen. Der Finger sprang leichter ab, als ein Holzscheit von der gleichen Stärke abzufallen pflegte, drehte sich um und fiel auf den Rand des Klotzes und dann auf den Boden.

Er hörte diesen Laut früher, als er den Schmerz spürte. Aber er hatte noch nicht Zeit gehabt, sich darüber zu wundern, daß es nicht weh tat, als er plötzlich einen brennenden Schmerz und die Wärme des fließenden Blutes fühlte. Er wickelte das zurückgebliebene Glied schnell in den Zaum der Kutte, drückte es an die Hüfte, öffnete wieder die Tür, blieb vor dem Weibe stehen und fragte sie leise mit gesenkten Augen:

»Was wünschen Sie?«

Sie sah sein erbleichtes Gesicht mit der zitternden linken Wange und spürte plötzlich Scham, sie sprang auf, nahm ihren Pelz und hüllte sich in ihn.

»Ja, ich hatte Schmerzen … Ich habe mich erkältet … Ich … P. Ssergij… Ich…«

Er richtete auf sie seine Augen, die mit einem stillen, freudigen Lichte leuchteten, und sagte:

»Liebe Schwester, warum wolltest du deine unsterbliche Seele verderben? Das Ärgernis muß wohl in die Welt kommen, aber wehe dem, durch den es kommt… Bete, daß Gott uns verzeihe.«

Sie lauschte seinen Worten und sah ihn an. Plötzlich hörte sie etwas tropfen, sie sah hin und merkte, daß aus seiner Hand über die Kutte Blut lief.

»Was haben Sie mit Ihrer Hand gemacht?« Sie besann sich auf den Laut, den sie gehört hatte, ergriff die Lampe, lief in den Vorraum und sah auf dem Boden den blutigen Finger liegen. Sie kehrte blasser als er in die Stube zurück und wollte ihm etwas sagen, er ging aber still in seine Kammer und schloß die Tür hinter sich zu.

»Verzeihen Sie mir,« sagte sie. »Womit kann ich meine Sünde gutmachen?«

»Geh.«

»Lassen Sie mich Ihre Wunde verbinden.«

»Geh fort.«

Sie kleidete sich schnell und schweigend an und saß ganz fertig im Pelz, bis sie Schellengeläute hörte.

»P. Ssergij, verzeihen Sie mir!«

»Geh. Gott wird dir verzeihen.«

»P. Sergij! Ich will mein Leben ändern, verlassen Sie mich nicht.«

»Geh.«

»Verzeihen Sie mir und segnen Sie mich.«

»Im Namen des Vaters, des Sohnes und des Heiligen Geistes,« tönte es hinter der Wand. »Geh.«

Sie verließ schluchzend die Zelle. Der Rechtsanwalt kam ihr entgegen.

»Nun, ich hab' die Wette verloren,« sagte er. »In welchen Schlitten wollen Sie sich setzen?«

»Es ist mir ganz gleich.«

Sie setzte sich und sprach während der ganzen Fahrt kein Wort.

Nach einem Jahr empfing sie die niederen Nonnenweihen und führte ein strenges Leben in einem Kloster unter der Leitung des Einsiedlers Arsenij, der ihr ab und zu Briefe schrieb.

P. Ssergij verbrachte in der Klausur noch sieben Jahre. In der ersten Zeit nahm er vieles von dem an, was man ihm brachte – Tee und Zucker, weißes Brot und Milch, Kleidung und Brennholz.

Aber je mehr Zeit verging, umso strenger gestaltete er sein Leben, auf jeden Überfluß verzichtend, und nahm schließlich nichts außer Schwarzbrot, und auch das nur einmal in der Woche. Alles, was man ihm brachte, gab er den Armen. P. Ssergij verbrachte die ganze Zeit in seiner Zelle im Gebet oder in Gesprächen mit den Besuchern, die in immer größerer Zahl zu ihm kamen. Er ging in die Kirche nur an die drei Mal im Jahre und verließ sonst die Zelle, nur wenn er Wasser oder Holz holen wollte.

Im sechsten Jahre dieses Lebens passierte die Geschichte mit der Makowkina, die bald allen bekannt geworden war, ihr nächtlicher Besuch, ihre darauf erfolgte Bekehrung und ihr Eintritt ins Kloster. Der Ruhm P. Ssergijs wurde von nun an immer größer. Es besuchten ihn immer mehr Leute, und in der Nähe seiner Zelle siedelten sich Mönche an, die eine Kirche und eine Herberge errichteten. Die Leute kamen zu ihm auch von weit her und brachten zu ihm Kranke, indem sie behaupteten, daß er die Kranken heile.

Die erste Heilung geschah im achten Jahre seines Einsiedlerlebens. Es war die Heilung eines vierzehnjährigen Jungen, den die Mutter zu P. Ssergij gebracht hatte mit der Forderung, er möchte seine Hände auf ihn legen. Der Gedanke, daß er Kranke heilen könne, war ihm nie gekommen. Er würde einen solchen Gedanken für eine große Sünde des Hochmuts halten; aber die Mutter, die den Jungen gebracht hatte, flehte ihn unaufhörlich an, lag zu seinen Füßen, beschwor ihn um Christi willen und fragte, warum er, der die anderen heile, ihrem Sohn nicht helfen wolle. Auf die Erklärung P. Ssergijs, daß nur Gott allein heilen könne, erwiderte sie, sie bitte ihn nur darum, daß er seine Hand auf den Kranken lege und für ihn bete. P. Ssergij weigerte sich es zu tun und ging in seine Zelle. Als er aber am anderen Morgen (es war im Herbst, und die Nächte waren kalt) aus seiner Zelle trat, um Wasser zu holen, erblickte er wieder die gleiche Mutter mit dem Sohn, einem blassen vierzehnjährigen Jungen, und hörte die gleiche Bitte. P. Ssergij gedachte der Parabel vom ungerechten Richter und bekam plötzlich Zweifel, obwohl er früher nicht gezweifelt hatte, ob er die Bitte abschlagen müsse; und als ihm der Zweifel kam, begann er zu beten und betete so lange, bis in seinem Herzen ein Entschluß feststand. Der Entschluß war, daß er die Bitte der Frau erfüllen müsse, daß ihr Glaube den Sohn retten könne; er P. Ssergij selbst werde in diesem Falle nur ein einfaches, von Gott auserwähltes Werkzeug sein.

Er kehrte zur Mutter zurück und erfüllte ihre Bitte, indem er die Hand dem Jungen auf den Kopf legte und für ihn betete.

Die Mutter fuhr mit dem Sohne heim, und der Junge war nach einem Monat genesen. In der ganzen Gegend verbreitete sich das Gerücht von der heiligen Heilkraft des Starez Ssergij, wie man ihn jetzt nannte. Nun verging keine Woche, wo zu P. Ssergij keine Kranke gegangen oder gefahren kamen; da er es den einen nicht abgeschlagen hatte, konnte er es auch den anderen nicht abschlagen; so legte er seine Hand auf die Kranken und betete für sie, und viele wurden gesund. Und der Ruhm P. Ssergijs verbreitete sich immer weiter.

So vergingen neun Jahre in den Klöstern und dreizehn Jahre in der Einsamkeit. P. Ssergij hatte jetzt das Aussehen eines Starez: sein Bart war lang und grau, aber das wenn auch etwas gelichtete Haupthaar noch schwarz und gelockt.

P. Ssergij lebte schon seit einigen Wochen mit einem Gedanken, der sich nicht abweisen ließ: ob er recht gehandelt, als er sich in die Lage geschickt hatte, in die er weniger auf eigenen Wunsch als auf das Geheiß des Archimandriten und des Abtes gekommen war. Es hatte nach der Heilung des vierzehnjährigen Jungen angefangen. Von nun an hatte Ssergij mit jedem Monat, mit jeder Woche und mit jedem Tage immer deutlicher gefühlt, wie sein inneres Leben vernichtet und von einem äußeren ersetzt wurde. Es war ihm, als würde sein ganzes Wesen von innen nach außen gewendet.

Ssergij sah, daß er als ein Mittel diente, um die Besucher und Spender ans Kloster heranzuziehen, und daß die Obrigkeit des Klosters ihn darum in solche Bedingungen versetzte, in denen er ihr am meisten nutzen könnte. So ließ man ihm z.B. keine Möglichkeit mehr, zu arbeiten. Man hielt für ihn alles bereit, was er brauchen konnte, und verlangte von ihm nur, daß er den Besuchern, die zu ihm kamen, seinen Segen nicht versage. Der Bequemlichkeit halber wurden eigene Empfangstage festgesetzt. Man richtete einen eigenen Empfangsraum für die Männer ein, stellte eine Schranke auf, damit ihn die Frauen, die sich auf ihn stürzten, nicht umwürfen, und richtete einen Platz ein, wo er die Besucher segnete. Man sagte ihm, daß die Menschen ihn brauchten, daß er, wenn er das christliche Gebot der Liebe erfülle, den Leuten ihren Wunsch, ihn zu sehen, nicht abschlagen dürfe und daß die Abweisung dieser Menschen eine Grausamkeit wäre. Er mußte dem zustimmen; aber je mehr er sich diesem Leben hingab, umso deutlicher fühlte er, wie das Innere zum Äußeren wurde, wie die Quelle des lebendigen Wassers in ihm versiegte, wie er das, was er tat, immer mehr der Menschen wegen und nicht für Gott tat.

Wenn er die Menschen belehrte, oder sie einfach segnete, für die Kranken betete, oder den Menschen riet, wie sie leben sollten, wenn er den Dank der Menschen hörte, denen er durch Heilungen, wie man ihm sagte, oder durch Belehrungen geholfen hatte, mußte er sich darüber freuen und an die Folgen seiner Tätigkeit und an deren Wirkung auf die Menschen denken. Er dachte daran, daß er eine brennende Leuchte gewesen sei, und je mehr er es fühlte, umso stärker empfand er auch das Abnehmen, das Erlöschen des göttlichen Lichtes der Wahrheit, das in ihm brannte. »In welchem Maße tue ich das, was ich tue, für die Menschen, und in welchem Maße für Gott?« das war die Frage, die ihn beständig quälte und die er nicht beantworten konnte oder vielmehr wagte. Er fühlte in der Tiefe seiner Seele, daß der Teufel an Stelle seiner ganzen Tätigkeit für Gott eine Tätigkeit für die Menschen geschoben hatte. Er fühlte es daran, daß es ihm jetzt ebenso schwer war, seine Einsamkeit zu tragen, wie früher aus dieser Einsamkeit herausgerissen zu werden. Die Besucher fielen ihm zur Last, sie ermüdeten ihn, aber in der Tiefe seiner Seele freute er sich über sie, freute sich über die Lobpreisungen, mit denen man ihn umgab.

Es gab sogar eine Zeit, wo er sich entschloß, wegzugehen und sich zu verbergen. Er hatte sich sogar alles überlegt, wie es zu machen war. Er hatte sich ein Bauernhemd, eine Hose, einen Kaftan und eine Mütze vorbereitet. Er erklärte, daß er diese Dinge brauche, um an die Bittenden zu verteilen. Und er hielt diese Kleidung bei sich bereit und dachte sich, wie er sie anlegen, sich die Haare abscheren und weggehen würde. Erst würde er an die dreihundert Werst mit dem Zuge fahren, dann aussteigen und zu Fuß durch die Dörfer gehen. Er erkundigte sich bei einem alten Soldaten, wie jener durchs Land zu ziehen pflege, wie die Leute Almosen geben und ein Nachtlager gewähren. Der Soldat erzählte ihm, in welchen Gegenden die Leute mehr Almosen geben und leichter Einlaß gewähren, und P. Ssergij beschloß so zu tun. Eines Nachts kleidete er sich sogar an und wollte weggehen, wußte aber nicht, was besser sei: bleiben oder fliehen? Anfangs war er unentschlossen, dann verging aber die Unentschlossenheit, er gewöhnte sich und unterwarf sich dem Teufel, und die Bauernkleidung allein erinnerte ihn noch an seine Gedanken und Gefühle.

Von Tag zu Tag kamen zu ihm immer mehr Leute, und es blieb ihm immer weniger Zeit für die geistige Labung und fürs Gebet. Zuweilen, ln lichten Augenblicken, dachte er sich, daß er einer Stätte gleiche, auf der eine Quelle gewesen sei. »Es war eine schwache Quelle lebendigen

Wassers, die still aus mir, über mich floß. Das war das wahre Leben, als sie (er gedachte immer mit Begeisterung jener Nacht und auch ihrer, die jetzt Schwester Agnia hieß) ihn versucht hatte. Sie hatte von jenem reinen Wasser gekostet, aber seitdem die Dürstenden kommen, sich drängen, und einander von der Quelle wegstoßen, kann sich das Wasser nicht mehr sammeln. Und sie haben alles verschüttet, es ist nur Schmutz geblieben.« So dachte er in den seltenen lichten Augenblicken; aber sein gewöhnlichster Zustand war Müdigkeit und die Rührung über sich selbst ob dieser Müdigkeit.

Es war im Frühjahr, am Vorabend des Festes der Wasserweihe. P. Ssergij hatte die Abendmesse in seiner Höhlenkirche gelesen. Es waren so viel Leute dabei, als die Höhle überhaupt fassen konnte, – an die zwanzig Personen. Es waren lauter reiche Herrschaften und Kaufleute. P. Ssergij selbst ließ alle ein, aber diese Wahl machten der Mönch, der ihm beigestellt war, und der Diensthabende, den man täglich aus dem Kloster zu seiner Klause schickte. Das Volk, an die achtzig Pilger, Männer und noch mehr Frauen, drängte sich draußen und wartete auf das Erscheinen P. Ssergijs und auf seinen Segen. P. Ssergij zelebrierte die Messe, und als er an das Grab seines Vorgängers trat, wankte er und wäre wohl umgefallen, wenn der hinter ihm stehende Kaufmann und der Mönch, der beim Gottesdienst den Diakon vertrat, ihn nicht gestützt hätten.

Was ist mit Ihnen? Väterchen, P. Ssergij! Liebster! Gott!« riefen die Frauen. »So weiß wie ein Tuch sind Sie geworden.«

P. Ssergij erholte sich aber gleich wieder; er war zwar noch sehr blaß, schob aber den Kaufmann und den Diakon beiseite und sang weiter. P. Serapion, der Diakon, die Kirchendiener und Ssofja Iwanowna, eine Dame, die ständig in der Nähe seiner Klause wohnte und ihn bemutterte, baten ihn, den Gottesdienst abzubrechen.

»Tut nichts, tut nichts,« entgegnete P. Ssergij, unter seinem Schnurrbart kaum sichtbar lächelnd. »Unterbrechen Sie den Gottesdienst nicht.« – Ja, so tun die Heiligen – dachte er sich.

»Ein Heiliger, ein Engel Gottes,« hörte er im gleichen Augenblick hinter sich die Stimmen Ssofia Iwanownas und des Kaufmanns, der ihn gestützt hatte. Er hörte nicht auf ihre Bitten und fuhr im Gottesdienst fort. Dann gingen alle, sich drängend, durch die schmalen Gänge in die kleine Kirche zurück, und hier führte P. Ssergij die Abendmesse, wenn auch etwas gekürzt, zu Ende.

Gleich nach dem Gottesdienste gab P. Ssergij den Anwesenden seinen Segen und setzte sich dann auf die Bank unter der Ulme am Eingang zu der Höhle. Er wollte ausruhen und frische Luft atmen; er fühlte, daß er es brauchte; kaum war er aber ins Freie getreten, als die Menge des Volkes sich auf ihn stürzte, um ihn um seinen Segen, um Rat und Hilfe zu bitten. Es waren hier Wallfahrerinnen, die ständig von einer heiligen Stätte zur andern, von einem Starez zum anderen pilgern und die von jeder heiligen Stätte und von jedem Starez gerührt sind. P. Ssergij kannte diesen weitverbreiteten, ganz unreligiösen, kalten, äußerlichen Typus. Es waren hier Wallfahrer, zum größten Teil ehemalige Soldaten, des seßhaften Lebens entwöhnte alte Männer, die große Not leiden, zum größten Teil auch trinken und sich von Kloster zu Kloster herumtreiben, nur um sich verpflegen zu lassen; es waren hier auch ganz einfache Bauern und Bäuerinnen mit ihren egoistischen Forderungen, daß er sie heile, oder ihre Zweifel in solchen rein praktischen Angelegenheiten löse, wie die Verheiratung einer Tochter, die Pacht eines Ladens, der Kauf von Land, oder sie von der Sünde, ein Kind im Schlafe erdrückt oder außer der Ehe geboren zu haben, lossprache. Das alles war P. Ssergij längst bekannt und interessierte ihn nicht. Er wußte, daß er von diesen Leuten nichts Neues erfahren konnte, daß sie in ihm keinerlei religiöses Gefühl zu wecken vermochten, aber er liebte sie zu sehen als eine Menge, der er, sein Segen, sein Wort notwendig und teuer waren; darum fiel ihm diese Menge zur Last und war ihm zugleich angenehm. P. Serapion versuchte die Leute zu vertreiben, indem er ihnen sagte, daß P. Ssergij müde sei, aber er besann sich dann auf die Worte des Evangeliums: »wehret den Kindlein nicht zu mir zu kommen!«; dies rührte ihn, und er sagte, daß man sie vorlassen solle.

Er stand auf, trat ans Geländer, vor dem sie sich drängten, und fing an, sie zu segnen und ihre Fragen mit einer Stimme zu beantworten, deren Schwäche ihn selbst rührte. Aber er konnte, so sehr er es auch wollte, sie alle doch nicht empfangen; es wurde ihm wieder finster vor den Augen, er wankte und griff nach dem Geländer. Er fühlte einen Blutandrang im Kopfe, wurde erst blaß und dann plötzlich rot.

»Ja, ich werde es wohl auf morgen aufschieben müssen. Ich kann jetzt nicht,« sagte er. Dann gab er allen einen gemeinsamen Segen und ging zur Bank. Der Kaufmann stützte ihn wieder, führte ihn am Arm zu der Bank und half ihm sich hinsetzen.

»Vater!« tönte es aus der Menge. »Vater! Väterchen! Verlaß uns nicht. Wir sind ohne dich verloren!«

Der Kaufmann übernahm, nachdem er P. Ssergij auf die Bank unter der Ulme gesetzt hatte, das Amt eines Polizisten und begann das Volk sehr energisch auseinanderzutreiben. Er sprach zwar leise, so daß P. Ssergij ihn nicht hören konnte, aber resolut und böse:

»Schert euch, schert euch! Er hat euch ja gesegnet, was wollt ihr noch? Marsch! Sonst hau ich euch den Buckel voll. Na, na! Du, Tante mit den schwarzen Fußlappen, geh, geh! Was drängst du dich vor? Man sagt euch ja, es ist Feierabend. Vielleicht wird Gott morgen etwas bescheren, heute ist aber alles zu Ende.«

»Väterchen, wenn ich doch nur mit einem Auge sein Gesichtchen anschauen könnte,« sprach eine Alte.

»Ich werde dich anschauen! Wo willst du hin?«

P. Ssergij merkte, daß der Kaufmann allzu streng vorging, und sagte mit schwacher Stimme dem Zellendiener, er solle das Volk nicht vertreiben. P. Ssergij wußte, daß er es doch vertreiben würde, und wollte gern allein bleiben und ausruhen; aber er schickte den Zellendiener, nur um Eindruck zu machen.

»Gut, gut. Ich vertreibe sie nicht, ich rede ihnen nur ins Gewissen,« antwortete der Kaufmann, »Sie sind ja alle froh, einem Menschen den Garaus zu machen, sie wissen nichts von Mitleid und denken nur an sich. Es geht nicht, ich hab' es euch schon gesagt, daß es nicht geht. Marsch! Morgen.«

Und der Kaufmann verjagte alle.

Der Kaufmann gab sich solche Mühe, weil er die Ordnung liebte und die einfachen Leute gern kommandierte, vor allen Dingen aber weil er P. Ssergij brauchte. Er war Witwer und hatte eine einzige kranke Tochter, die nicht heiraten wollte und die er aus einer Entfernung von vierzehnhundert Werst zu P. Ssergij gebracht hatte, damit er sie heile. Er hatte diese Tochter während der zwei Jahre ihrer Krankheit schon an verschiedenen Orten behandeln lassen. Erst in der Universitätsklinik einer Gouvernementsstadt, aber das half ihr nicht; dann fuhr er mit ihr zu einem Bauern im Gouvernement Ssamara – hier wurde es ihr etwas besser; dann brachte er sie nach Moskau zu einem Arzt, dem er viel Geld bezahlte, der aber nicht half. Nun hatte er erfahren, daß P. Ssergij Krankheiten heile, und die Tochter zu ihm gebracht. Als der Kaufmann das ganze Volk auseinandergetrieben hatte, ging er auf P. Ssergij zu, kniete vor ihm ohne jede Vorbereitung nieder und sagte mit lauter Stimme:

»Heiliger Vater! Segne meine kranke Tochter und heile sie von ihrer Krankheit. Ich erkühne mich, vor deinen heiligen Füßen niederzufallen.«

Er legte die Hände zu einem Kelch zusammen. Er machte und sagte dies alles so, als handelte es sich um etwas von der Sitte und vom Gesetz klar und bestimmt Vorgeschriebenes, als müsse und solle man gerade so und nicht anders um die Heilung einer kranken Tochter bitten. Er machte es mit solcher Sicherheit, daß es sogar P. Ssergij selbst schien, daß man dies alles gerade so machen und sprechen müsse. Aber er befahl ihm dennoch aufzustehen und den Sachverhalt zu erzählen. Der Kaufmann erzählte, daß seine Tochter, ein zweiundzwanzigjähriges Mädchen, vor zwei Jahren, nach dem plötzlichen Tode ihrer Mutter erkrankt sei, »vor Schreck aufgeschrien« hätte, wie er sich ausdrückte, und seit jener Zeit geistesgestört sei. Er habe sie aus einer Entfernung von vierzehnhundert Werst gebracht, und sie warte in der Herberge, bis P. Ssergij befehlen würde, sie herzubringen. Am Tage gehe sie nicht aus und scheue das Licht und könne nur nach Sonnenuntergang ausgehen.

»Nun, ist sie sehr schwach?« fragte P. Ssergij.

»Nein, eine besondere Schwäche ist an ihr nicht wahrzunehmen, sie ist auch korpulent, aber neurasthenisch, wie der Doktor gesagt. Wenn P. Ssergij befehlen, sie jetzt gleich herzubringen, würde ich im Nu hinüberlaufen. Heiliger Vater, erquicken Sie das Herz des Vaters, richten Sie sein Geschlecht auf, retten sie durch Ihre Gebete seine kranke Tochter!«

Der Kaufmann fiel wieder in die Knie, faltete die Hände wie früher zusammen, neigte seitwärts den Kopf und erstarrte. P. Sergij befahl ihm Wieder aufzustehen und dachte sich, wie schwer seine Tätigkeit sei und wie demütig er sie dennoch trage, seufzte tief auf, schwieg einige Sekunden und sagte dann:

»Gut, bringen Sie sie abends her. Ich will für sie beten, aber jetzt bin ich sehr müde.« Er schloß die Augen. »Ich werde dann nach Ihnen schicken.«

Der Kaufmann entfernte sich auf den Fußspitzen, was die Folge hatte, daß seine Stiefel noch lauter knarrten, und P. Ssergij blieb allein.

Das ganze Leben P. Sergijs war mit Gottesdiensten und Empfängen von Besuchern angefüllt, aber dieser Tag war ganz besonders schwer gewesen. Des Morgens hatte ihn ein zugereifter hoher Würdenträger besucht und sich mit ihm lange unterhalten; nach ihm war eine Dame mit ihrem Sohne dagewesen. Dieser Sohn war ein junger Professor, ein Ungläubiger, den die von einem heißen Glauben beseelte und P. Ssergij ergebene Mutter zu ihm gebracht hatte, damit er mit ihm spreche. Das Gespräch war sehr schwer gewesen. Der junge Mann wollte sich offenbar mit dem Mönch in keinen Streit einlassen und stimmte ihm wie einem schwachen Menschen in allem bei, aber P. Ssergij sah, daß der junge Mann nicht glaubte, sich aber trotzdem wohl, leicht und ruhig fühlte.

»Wollen Sie speisen, Väterchen?« fragte der Zellendiener.

»Ja, bringen Sie mir etwas.«

Der Diener ging in die Zelle, die man zehn Schritt vor dem Eingang zur Höhle erbaut hatte, und P. Ssergij blieb allein.

Die Zeit, wo P. Ssergij allein gelebt, für sich alles selbst gemacht und sich nur mit Hostien und Brot ernährt hatte, war längst vorbei. Man hatte ihm schon lange bewiesen, daß er nicht das Recht habe, seine Gesundheit zu vernachlässigen, und ernährte ihn mit zwar nach den Fastenvorschriften zubereiteten, aber kräftigenden Speisen. Er nahm davon wenig, aber bedeutend mehr als früher und aß oft mit besonderem Genuß und nicht mit Abscheu und Schuldbewußtsein wie früher. So war es auch an diesem Abend. Er aß etwas Brei, trank eine Tasse Tee und verzehrte ein halbes Weißbrot.

Der Zellendiener ging, und er blieb allein auf der Bank unter der Ulme sitzen.

Es war ein herrlicher Maiabend. Die Blätter der Birken, Espen, Ulmen, Faulbäume und Eichen hatten sich eben entfaltet. Die Faulbaumbüsche hinter der Ulme standen in voller Blüte; die Nachtigallen – die eine in nächster Nähe und zwei oder drei andere unten im Gesträuch am Flusse – schlugen und schmetterten. Vom Flusse her tönte Gesang der wohl von der Arbeit heimkehrenden Arbeiter; die Sonne war hinter den Wald gesunken, und ihre gebrochenen Strahlen drangen durch das Laub. Diese ganze Seite war hellgrün; die andere mit der Ulme – dunkel. Die Käfer schwärmten, stießen gegen die Bäume und fielen nieder.

Nach dem Essen begann P. Ssergij das innerliche Gebet zu verrichten: »Herr Jesu Christ, Sohn Gottes, sei uns gnädig«; dann las er einen Psalm; mitten im Psalm flog plötzlich ein Spatz von einem Strauch auf die Erde, lief zwitschernd und hüpfend auf ihn zu, erschrak vor etwas und flog davon. Er sprach das Gebet, in dem vom Verzicht auf diese Welt die Rede war, und hatte Eile, es schneller zu beenden, um nach dem Kaufmann mit der kranken Tochter schicken zu können; diese Tochter interessierte ihn. Sie interessierte ihn, weil sie für ihn eine neue Person, eine Zerstreuung bedeutete, weil ihr Vater und sie selbst ihn für einen Heiligen hielten, dessen Gebet in Erfüllung ginge. Er wies es zwar zurück, hielt sich aber in der Tiefe seiner Seele doch für einen solchen.

Er wunderte sich oft darüber, wie es gekommen, daß er, Stepan Kassatskij, zu so einem ungewöhnlichen Heiligen und sogar Wundertäter geworden war; daß er wirklich ein solcher war, unterlag keinem Zweifel: es war ihm doch unmöglich, an die Wunder nicht zu glauben, die er selbst gesehen hatte, mit dem gelähmten Jungen angefangen bis zu der letzten Alten, die auf sein Gebet hin ihr Augenlicht wieder bekam.

Wie seltsam es auch erscheint, es war doch so. So interessierte ihn die Kaufmannstochter, weil sie eine neue Person war, weil sie den Glauben an ihn hatte, und weil es ihm bevorstand, seine Heilkraft und seinen Ruhm an ihr von neuem zu bestätigen. »Von tausend Werst weit kommt man gefahren, man schreibt in den Zeitungen, der Kaiser weiß es, in Europa, im ungläubigen Europa weiß man es,« dachte er sich. Plötzlich schämte er sich seiner Eitelkeit und fing wieder an, zu Gott zu beten. »Herr, König des Himmels, Tröster, Seele der Wahrheit, komm und dringe in uns ein und reinige uns von jedem Unrat, errette, Allgütiger, unsere Seelen. Reinige mich vom Greuel des menschlichen Ruhmes, der mich umstürmt,« wiederholte er und dachte anbei, wie oft er schon so gebetet hatte und wie vergeblich seine Gebete in dieser Beziehung gewesen waren. Sein Gebet wirkte Wunder für die anderen, aber für sich selbst vermochte er von Gott nicht die Erlösung von dieser nichtigen Leidenschaft zu erflehen.

Er erinnerte sich seiner Gebete aus der ersten Zeit seines Klausnerlebens, als er Gott um Reinheit, Demut und Liebe gebeten hatte, und daß Gott, wie es ihm damals schien, seine Gebete erhört hatte: er war rein gewesen und hatte sich den Finger abgehauen. Er führte den runzligen Stummel des Fingers an den Mund und küßte ihn. Es schien ihm, daß er gerade damals demütig gewesen sei, als er sich selbst immer abscheulich in seiner Sündhaftigkeit erschienen, und er glaubte, daß er damals auch die Liebe gehabt habe, als er sich erinnerte, mit welcher Rührung er damals den Alten, der ihn besuchte, den betrunkenen Soldaten, der ihn um Geld bat, und auch sie empfangen hatte. Aber jetzt? ... Und er fragte sich, ob er jemand liebe, ob er Ssofja Iwanowna, P. Serapion liebe, ob er gegen alle die Leute, die ihn heute besucht hatten, Liebe empfunden habe: gegen diesen gelehrten jungen Mann, mit dem er so belehrend gesprochen hatte, nur um das eine besorgt, ihm seinen Geist und seine fortschrittliche Bildung zu zeigen. Ihre Liebe war ihm angenehm, und er brauchte sie, aber er selbst hatte zu ihnen keine Liebe. Es war keine Liebe mehr in ihm, auch keine Demut und keine Reinheit.

Es war ihm angenehm zu hören, daß die Kaufmannstochter nur zweiundzwanzig Jahre alt war, und er wollte wissen, ob sie hübsch sei. Als er sich nach ihrer Schwäche erkundigt hatte, wollte er eben wissen, ob sie einen weiblichen Reiz habe oder nicht.

– Bin ich denn wirklich so tief gesunken? – dachte er sich. – Herr hilf mir, richte mich auf, mein Gott und Herr! – Und er faltete die Hände und begann zu beten. Die Nachtigallen schmetterten; ein Käfer flog gegen ihn und kroch über seinen Nacken. Er warf ihn auf den Boden. – Gibt es Ihn? Was, wenn ich an einem von außen zugesperrten Hause klopfe? ... Das Schloß hängt an der Tür, und ich könnte es sehen. Dieses Schloß sind – die Nachtigallen, die Käfer, die Natur. Der junge Mann hat vielleicht recht. – Und er begann laut zu beten und betete so lange, bis diese Gedanken wichen und er sich wieder ruhig und sicher fühlte. Er klingelte und sagte dem eintretenden Zellendiener, der Kaufmann solle jetzt mit seiner Tochter kommen.

Der Kaufmann brachte die Tochter am Arm in die Zelle und ging selbst gleich wieder weg.

Die Tochter war blond, außerordentlich weiß, blaß und voll, ein kleingewachsenes Mädchen mit einem erschrockenen Kindergesicht und stark entwickelten weiblichen Formen. P. Ssergij blieb auf der Bank am Eingang sitzen. Als das Mädchen kam und neben ihm stehen blieb und er sie segnete, erschrak er über sich selbst, wie er ihren Körper angesehen hatte. Als sie an ihm vorbeigegangen war, fühlte er sich wie von einer Schlange gebissen. Ihrem Gesichte hatte er angesehen, daß sie sinnlich und schwachsinnig war. Er stand auf und trat in die Zelle. Sie saß auf dem Schemel und wartete auf ihn.

Als er eintrat, stand sie auf.

»Ich will zu Papa,« sagte sie.

»Fürchte dich nicht,« sagte er. »Was tut dir weh?«

»Alles tut mir weh,« sagte sie, und ihr Gesicht erstrahlte plötzlich in einem Lächeln.

»Du wirst gesund sein,« sagte er, »bete.«

»Was soll ich beten, ich habe schon gebetet, es nützt mir nicht.« sie lächelte immer. »Beten Sie für mich und legen Sie Ihre Hände auf mich. Ich habe Sie im Traume gesehen.«

»Wie hast du mich gesehen?«

»Mir träumte, daß Sie mir Ihr Händchen auf die Brust legten, so«: – sie nahm seine Hand und drückte sie sich auf die Brust. »Hier an diese Stelle.«

Er überließ ihr seine ganze Rechte.

»Wie heißt du?« fragte er, am ganzen Leibe zitternd, und fühlte, daß er besiegt war, daß er jede Gewalt über sein Fleisch verloren hatte.

»Marja. Warum?«

Sie nahm seine Hand und küßte sie; dann umschlang sie mit der einen Hand seine Taille und drückte ihn an sich.

»Was hast du?« sagte er. »Marja, du bist der Teufel.«

»Nun, vielleicht macht es nichts.«

Und sie umarmte ihn und setzte sich mit ihm aufs Bett.

Beim Morgengrauen trat er vor die Zelle.

– Ist denn alles wirklich gewesen? Wenn der Vater kommt, wird sie es ihm erzählen, die ist der Teufel. Aber was werde ich tun? Da ist es, das Beil, mit dem ich mir den Finger abgehauen habe. – Er ergriff das Beil und ging damit in die Zelle.

Der Zellendiener kam ihm entgegen.

»Befehlen Sie, Holz zu hacken? Geben sie mir, bitte, das Beil.«

Er gab ihm das Beil. Dann trat er in die Zelle. Sie lag da und schlief. Er sah sie entsetzt an. Dann ging er hinter den Verschlag, nahm die Bauernkleider vom Nagel, zog sie an, nahm eine Schere, schnitt sich das Haar ab und ging den Fußpfad zum Flusse hinunter, an dem er schon seit vier Jahren nicht gewesen war.

Längs des Flusses lief ein Weg; er schlug ihn ein und ging bis mittag. Am Mittag trat er ins Feld und legte sich ins Korn. Gegen Abend kam er zu einem Dorf, das am Flusse lag. Er ging aber nicht ins Dorf, sondern zum Uferabhang am Flusse.

Es war sehr früh, vielleicht eine halbe Stunde vor Sonnenaufgang. Alles war grau und düster, vom Westen her wehte ein kalter Frühwind. – Ja, ich muß ein Ende machen. Es gibt keinen Gott. Wie soll ich ein Ende machen? Mich hinunterstürzen? Aber ich verstehe zu schwimmen und werde nicht ertrinken. Mich erhängen? Ja, mit diesem Gürtel an einem Ast. – Das erschien ihm so möglich und nahe, daß er sich entsetzte und wie immer in Augenblicken der Verzweiflung beten wollte. Aber er wußte, es war niemand, zu dem er beten könnte – es gab doch keinen Gott. Er lag, auf einen Ellenbogen gestützt, und fühlte plötzlich solche Schläfrigkeit, daß er den Kopf nicht mehr mit der Hand halten konnte; er streckte seinen Arm aus, legte den Kopf darauf und schlief sofort ein. Der Schlaf dauerte aber nur einen Augenblick; er erwachte sofort und sah, entweder im Traume, oder in der Erinnerung, dieses Bild.

Er sieht sich fast als Kind im Hause der Mutter auf dem Lande; ein Wagen kommt gefahren, und aus dem Wagen steigen: der Onkel Nikolai Ssergejewitsch mit seinem großen breiten schwarzen Bart und das schmächtige kleine Mädchen Paschenjka mit großen sanften Augen und einem unglücklichen, schüchternen Gesicht. Diese Paschenjka bringt man nun in seine Jungengesellschaft. Man muß mit ihr spielen, aber es ist so langwellig, die ist dumm, und es endet damit, daß man sie auslacht: man zwingt sie zu zeigen, wie sie schwimmen könne. Sie legt sich auf den Boden und zeigt es auf dem Trockenen. Alle lachen und halten sie zum Narren. Und sie sieht es, sie errötet fleckenweise und wird so unglücklich, daß man sich schämen muß und ihr schiefes, gutmütiges, demütiges Lächeln nie wieder vergessen kann. Und Ssergij erinnert sich, wann er sie nachher gesehen hat. Es war viel später, vor seinem Eintritt ins Kloster, die war mit irgendeinem Gutsbesitzer verheiratet, der sein ganzes Vermögen verschwendet hatte und sie schlug. Sie hatte zwei Kinder: einen Sohn und eine Tochter. Der Sohn war ganz jung gestorben.

Ssergij erinnerte sich, wie er sie in ihrem Unglück gesehen hatte. Dann sah er sie im Kloster als Witwe. Sie war immer dieselbe, nicht gerade dumm, aber geschmacklos, unbedeutend und jämmerlich. Sie war ins Kloster mit ihrer Tochter und deren Bräutigam gekommen. Sie waren schon arm. Dann hatte er gehört, sie lebe in irgendeiner Provinzstadt in großer Armut. – Warum denke ich an sie? – fragte er sich. Aber er konnte nicht aufhören, an sie zu denken. –

Wo ist sie? Was ist mit ihr? Ist sie noch immer so unglücklich wie damals, als sie auf dem Fußboden zeigte, wie man schwimmt? Aber was soll ich an sie denken? Was bin ich? Ich muß ein Ende machen. –

Ihn überkam aber wieder Angst, und er fing wieder an, um sich von diesem Gedanken zu retten, an Paschenjka zu denken.

So lag er lange und dachte bald an sein unvermeidliches Ende und bald an Paschenjka. Paschenjka erschien ihm als eine Rettung. Endlich schlief er ein und sah im Traume einen Engel, der zu ihm kam und sagte: »Geh zu Paschenjka und erfahre von ihr, was du zu tun hast, worin deine Sünde ist und worin deine Rettung.«

Er erwachte und sagte sich, daß es eine von Gott gesandte Vision gewesen sei; er freute sich darüber und beschloß so zu tun, was ihm in der Vision befohlen worden war. Er kannte die Stadt, in der sie wohnte – es war etwa dreihundert Werst weit – und ging hin.

VIII

Paschenjka war längst nicht mehr Paschenjka, sondern eine alte, ausgemergelte, runzlige Praskowja Michailowna, die Schwiegermutter eines Pechvogels, des dem Trunk ergebenen Beamten Mawrikiew. Sie lebte in der Provinzstadt, in der der Schwiegersohn seine letzte Stelle gehabt hatte, und ernährte die ganze Familie: die Tochter, den kranken neurasthenischen Schwiegersohn und fünf Enkelkinder. Sie ernährte sie damit, daß sie den Kaufmannstöchtern Musikstunden gab. Sie hatte manchmal vier, manchmal fünf Stunden am Tage und verdiente so gegen sechzig Rubel im Monat. Davon lebten sie alle in Erwartung einer Anstellung für den Mann. Praskowja Michailowna schrieb Briefe an alle ihre Verwandten und Bekannten mit der Bitte um eine Stelle für den Schwiegersohn, darunter auch an Ssergij. Dieser Brief erreichte ihn aber nicht mehr.

Es war Sonnabend, und Praskowja Michailowna knetete selbst einen Hefeteig mit Rosinen, wie ihn der leibeigene Koch bei ihrem Papa so gut zu bereiten verstand. Praskowja Michailowna wollte ihren Enkelkindern am Sonntag etwas Gutes geben.

Mascha, ihre Tochter, war mit dem Kleinsten beschäftigt, die älteren Kinder, der Junge und das Mädchen, waren in der Schule. Der Schwiegersohn hatte eine schlaflose Nacht verbracht und war eben eingeschlafen. Auch Praskowja Michailowna war gestern lange nicht zu Bett gegangen, da sie sich bemüht hatte, den Zorn ihrer Tochter gegen den Mann zu beschwichtigen.

Sie sah, daß der Schwiegersohn, ein schwaches Geschöpf, unmöglich anders leben und sprechen konnte, daß alle Vorwürfe der Frau ihm nicht helfen würden, und sie wandte all ihre Kraft auf, um sie zu beschwichtigen, damit es keine Vorwürfe und nichts Böses gebe. Schlechte Beziehungen zwischen den Menschen waren ihr fast physisch unerträglich. Es war ihr so klar, daß das niemanden besser machen könne und daß alles nur schlimmer werden würde. Sie dachte nicht mal daran; sie litt einfach, wenn sie Haß sah, wie unter einem schlechten Geruch, einem schrillem Pfiff oder Schlägen.

Sie hatte soeben mit großer Freude Lukerja gezeigt, wie man Hefeteig bereitet, als Mischa, ihr sechsjähriger Enkel, mit einer Schürze, in gestopften Strümpfchen, auf seinen krummen Beinchen in die Küche gelaufen kam und mit erschrockenem Gesicht rief:

»Großmutter, ein schrecklicher Alter sucht dich.«

Lukerja sah hinaus.

»Es ist wirklich ein Pilger draußen, Gnädige.«

Praskowja Michailowna wischte ihre mageren Ellenbogen aneinander und die Hände an der Schürze ab und ging ins Zimmer, um den Beutel zu holen und dem Mann fünf Kopeken zu geben; dann erinnerte sie sich aber, daß sie bloß Zehnkopekenstücke hatte, und entschloß sich, ihm Brot zu geben. Sie kehrte zum Küchenschrank zurück, errötete aber plötzlich beim Gedanken, daß sie gegeizt habe, befahl Lukerja, eine Scheibe Brot abzuschneiden und ging außerdem hin, das Zehnkopekenstück holen, – Das ist die Strafe – sagte sie sich – jetzt mußt du doppelt so viel geben. –

Sie reichte beides unter Entschuldigungen dem Pilger und bildete sich dabei nicht nur nichts auf ihre Freigebigkeit ein, sondern schämte sich sogar, daß sie so wenig gab. So respekteinflößend sah der Pilger aus.

Obwohl er dreihundert Werst weit bettelnd gegangen und ganz abgerissen, abgemagert und sonnengebräunt war, obwohl seine Haare abgeschnitten waren, und er eine Bauernmütze und Bauernstiefel trug, obwohl er sich so bescheiden verneigte, hatte Ssergij noch immer sein respektgebietendes Aussehen, das die Leute so anzog. Aber Praskowja Michailowna erkannte ihn nicht. Sie konnte ihn auch gar nicht erkennen, da sie ihn fast zwanzig Jahre nicht mehr gesehen hatte.

»Nichts für ungut, Väterchen. Vielleicht wollen sie etwas essen?«

Er nahm das Brot und das Geld, und Praskowja Michailowna wunderte sich, daß er nicht wegging, sondern sie ansah.

»Paschenjka, ich bin zu dir gekommen, nimm mich auf!«

Seine schönen schwarzen Augen sahen sie unverwandt und bittend an, und in ihnen schimmerten Tränen. Seine Lippen zuckten jammervoll unter dem ergrauenden Schnurrbart.

Praskowja Michailowna griff sich an die ausgetrocknete Brust, öffnete den Mund, heftete ihre Augen auf das Gesicht des Pilgers und erstarrte.

»Es kann nicht sein! Stjopa! Ssergij! P. Ssergij!«

»Ja, ich bin es,« sagte Ssergij leise. »Aber nicht Ssergij, und nicht P. Ssergij. Sondern der große Sünder Stepan Kassatskij, ein verlorener, großer Sünder. Hilf mir, nimm mich auf.«

»Es kann nicht sein. Wie haben Sie sich so gedemütigt? Kommen sie doch!«

Sie reichte ihm die Hand, aber er nahm sie nicht und folgte ihr.

Wohin sollte sie ihn aber führen? Die Wohnung war winzig. Anfangs hatte sie ein eigenes Zimmerchen, fast eine Kammer für sich selbst gehabt, dann aber diese Kammer der Tochter abgetreten. Mascha saß auch jetzt dort und wiegte den Jüngsten in den Schlaf. »Setzen Sie sich her, gleich,« sagte sie zu Ssergij, ihm die Bank in der Küche zeigend.

Ssergij setzte sich sofort hin und nahm, offenbar mit gewohnter Gebärde, den Sack erst von der einen, dann von der anderen Schulter.

»Mein Gott, mein Gott, wie du dich gedemütigt hast, Väterchen. Einst dieser Ruhm und jetzt...«

Ssergij gab keine Antwort und lächelte nur mild, indem er den Sack neben sich auf die Bank legte.

»Mascha, weißt du, wer es ist?«

Und Praskowja Michailowna erzählte ihrer Tochter im Flüsterton, wer Ssergij sei, und sie trugen beide das Bett und die Wiege aus der Kammer und machten sie für Ssergij frei.

Praskowja Michailowna führte Ssergij in die Kammer.

»Ruhen die hier aus. Nichts für ungut. Ich muß fort.«

»Wohin?«

»Ich gebe hier Stunden, ich schäme mich es zu sagen; ich gebe Musikunterricht.«

»Musik, das ist gut. Nur noch eins, Praskowja Michailowna, ich bin ja zu Ihnen mit einem Anliegen gekommen. Wann kann ich mit Ihnen sprechen?«

»Ich werde mich glücklich schätzen. Geht es am Abend?«

»Gewiß. Aber noch eine Bitte: sagen Sie niemand, wer ich bin. Ich habe es nur Ihnen anvertraut. Niemand weiß, wohin ich gegangen bin. So muß es sein.«

»Ach, ich habe es schon meiner Tochter gesagt.«

»Nun, bitten Sie sie, daß sie es nicht weiter erzähle.«

Ssergij zog die Stiefel aus, legte sich hin und schlief nach der letzten schlaflosen Nacht und nach dem Marsch von vierzig Werst sofort ein.

Als Praskowja Michailowna heimkam, saß Ssergij in seiner Kammer und wartete auf sie. Er war nicht zu Tisch gekommen und hatte nur von der Suppe und vom Brei gegessen, die ihm Lukerja in die Kammer gebracht. »Warum bist du denn früher heimgekommen, als versprochen?« fragte Ssergij. »Kann ich jetzt mit dir reden?«

»Womit habe ich nur dieses Glück verdient, daß solch ein Gast zu mir kommt? Ich habe schon eine Stunde versäumt. Später...Ich hatte immer die Absicht zu Ihnen zu fahren, habe Ihnen geschrieben, und plötzlich dieses Glück!«

»Paschenjka, nimm bitte die Worte, die ich dir gleich sagen werde, als eine Beichte auf, als Worte, die ich in meiner Sterbestunde zu Gott spreche. Paschenjka, ich bin kein heiliger Mann, nicht einmal ein einfacher, gewöhnlicher Mensch: ich bin ein Sünder, ein schmutziger, häßlicher, verstockter, hochmütiger Sünder, ich weiß nicht, ob schlimmer als alle, aber jedenfalls schlimmer als die schlimmsten Menschen.«

Paschenjka sah ihn erst mit weitaufgerissenen Augen an; sie glaubte ihm nicht. Später, als sie alles glaubte, berührte sie seine Hand und sagte mit einem unglücklichen Lächeln:

»Stiwa, vielleicht übertreibst du?«

»Nein, Paschenjka. Ich bin ein Wüstling, ein Mörder, ein Gotteslästerer und Betrüger.«

»Mein Gott! Was ist denn das?« sagte Praskowja Michailowna.

»Aber man muß leben. Und ich, der ich glaubte, daß ich alles wisse, und die anderen lehrte, wie man leben solle – ich weih nichts und bitte dich, mich zu lehren.«

»Was sagst du, Stiwa! Du machst dich über mich lustig. Warum macht ihr euch alle immer über mich lustig?«

»Nun, gut, ich mache mich lustig; sag mir nur, wie du lebst und wie du dein Leben verbracht hast.«

»Ich? Ich habe das häßlichste, schlimmste Leben gelebt, und Gott straft mich jetzt mit Recht, und ich lebe so schlecht, so schlecht...«

»Wie hast du geheiratet? Wie hast du mit deinem Manne gelebt?«

»Alles war schlecht. Ich heiratete ihn, weil ich mich in ihn auf die schlimmste Weise verliebt hatte. Papa wollte diese Heirat nicht. Ich achtete auf nichts und nahm ihn. In der Ehe aber habe ich den Mann, statt ihm zu helfen, durch Eifersucht gequält, die ich in mir nicht niederkämpfen konnte.«

»Ich habe gehört, daß er ein Trinker war?« »Ja, aber ich verstand ihn nicht zu beschwichtigen. Ich machte ihm Vorwürfe. Das ist aber eine Krankheit. Er konnte sich nicht beherrschen, und ich erinnere mich jetzt, wie ich ihm den Branntwein vorenthielt. Wir hatten schreckliche Szenen.«

Und sie sah mit ihren schönen, unter dieser Erinnerung leidenden Augen auf Kassatskij.

Kassatskij erinnerte sich, gehört zu haben, daß der Mann sie geschlagen habe, und als er jetzt ihren mageren, ausgetrockneten Hals mit den hinter den Ohren hervortretenden Adern und dem Büschel dünner, halb grauer, halb blonder Haare sah, glaubte er auch zu sehen, wie sich das abspielte.

»Dann blieb ich allein mit zwei Kindern und ganz ohne Mittel.«

»Ihr habt aber auch noch ein Gut gehabt.«

»Das hatten wir noch bei Waßjas Lebzeiten verkauft und alles ... verlebt. Man mußte doch leben, ich habe aber nichts gekonnt, wie alle feinen jungen Mädchen. Ich bin sogar besonders unfähig und hilflos gewesen. So verlebten wir das Letzte. Ich unterrichtete die Kinder und lernte dabei auch selbst etwas. Mitja erkrankte in der vierten Klasse, und Gott nahm ihn zu sich. Manja verliebte sich in Wanja, meinen jetzigen Schwiegersohn. Nun, er ist ein guter Mensch, aber unglücklich, er ist krank.«

»Mama,« unterbrach die Tochter ihre Rede, »nehmen sie mir den Mischa ab, ich kann mich doch nicht entzwei reißen.«

Praskowja Michailowna fuhr zusammen, stand auf, ging in ihren schiefgetretenen Schuhen schnell ins Nebenzimmer und kam sofort mit einem zweijährigen Jungen im Arm zurück, der immer zurückfiel und mit den Händen nach ihrem Schultertuch griff.

»Ja, wo bin ich stehen geblieben? Also er hatte eine gute Stelle und einen netten Vorgesetzten, aber Manja hielt es nicht aus und nahm seinen Abschied.«

»Woran leidet er denn?«

»An Neurasthenie; es ist eine schreckliche Krankheit. Wir haben uns mit Ärzten beraten, wir sollten irgend wohin fahren, hatten aber keine Mittel. Ich hoffe, daß es so vorübergehen wird. Besondere Schmerzen hat er nicht, aber...« »Lukerja!« ertönte seine döse und schwache Stimme. »Immer schickt man sie weg, wenn ich sie brauche. Mama!«

»Sofort,« unterbrach sich Praskowja Michailowna wieder. »Er hat noch nicht zu Mittag gegessen. Er kann nicht mit uns essen.«

Sie ging hinaus, machte etwas draußen und kehrte zurück, ihre verbrannten, mageren Hände abwischend.

»So lebe ich. Wir beklagen uns immer, sind immer unzufrieden, aber die Enkelkinder sind, Gott sei Dank, alle geraten und gesund, und man kann noch leben. Aber was soll ich von mir reden.«

»Nun, wovon lebt ihr denn?«

»Ich verdiene ein wenig. Früher langweilte mich die Musik, und jetzt ist sie mir zustatten gekommen.«

Sie hielt ihre kleine Hand auf der Kommode, neben der sie saß, und bewegte wie übend die mageren Finger.

»Was zahlt man Ihnen für die Stunde?«

»Man zahlt einen Rubel, auch fünfzig Kopeken, es gibt auch Stunden zu dreißig Kopeken. Sie sind alle so gut zu mir.«

»Nun, und machen sie Fortschritte?« fragte Kassatskij kaum wahrnehmbar mit den Augen lächelnd.

Praskowja Michailowna glaubte nicht sofort an die Ernsthaftigkeit dieser Frage und sah ihm fragend in die Augen.

»Sie machen auch Fortschritte. Es ist ein reizendes Mädel darunter, die Tochter eines Fleischers. Ein gutes, liebes Kind. Wenn ich eine tüchtige Frau wäre, so könnte ich wohl durch Vermittlung ihres Papas eine Stelle für meinen Schwiegersohn finden. Aber ich habe es nicht gekonnt und habe sie alle so weit gebracht.«

»Ja, ja,« sagte Kassatskij, den Kopf senkend. »Wie beteiligen sie sich aber, Paschenjka, am kirchlichen Leben?« fragte er.

»Ach, sprechen sie lieber nicht davon. Ich habe es furchtbar vernachlässigt. In den großen Fasten gehe ich wohl mit den Kindern in die Kirche, sonst gehe ich aber monatelang nicht, schicke nur die Kinder hin.«

»Warum gehen sie denn selbst nicht hin?«

»Die Wahrheit zu sagen...« sie errötete. »Ich schäme mich vor meiner Tochter und den Enkeln abgerissen in die Kirche zu gehen, neue Kleider habe ich aber nicht. Auch bin ich einfach faul.« »Beten Sie aber zu Hause?«

»Ja. Aber was ist das für ein Beten, ich mache es mechanisch. Ich weiß wohl, daß man es nicht so machen soll, aber ich habe kein echtes Gefühl; das einzige ist, daß ich meine ganze Verkommenheit kenne ...«»

Ja, ja, so, so,« sagte Kassatskij wie billigend.

»Sofort, sofort,« antwortete sie auf den Ruf des Schwiegersohns, zupfte ihr Tuch zurecht und ging aus dem Zimmer.

Diesmal blieb sie lange aus. Als sie wiederkam, saß Kassatskij in der gleichen Stellung, die Ellenbogen in die Knie gestützt und den Kopf gesenkt. Aber er hatte schon seinen Sack auf dem Rücken.

Als sie mit einem Blechlämpchen ohne Schirm eintrat, richtete er auf sie seine schönen müden Augen und seufzte tief auf.

»Ich habe ihnen nicht gesagt, wer Sie sind,« fing sie schüchtern an, »ich habe nur gesagt, Sie seien ein Pilger vornehmer Abstammung und daß ich sie von früher her kenne. Kommen sie doch ins Eßzimmer zum Tee.«

»Nein.«

»Nun, dann bringe ich Ihnen her.«

»Nein, ich will nichts. Gott helfe dir, Paschenjka. Ich gehe. Wenn du mit mir Mitleid hast, so sage niemand, daß du mich gesehen hast. Ich beschwöre dich beim lebendigen Gott: sag es niemand. Ich danke dir. Ich würde mich vor dir bis zum Boden verneigen, aber ich weiß, daß es dich nur verwirren wird. Ich danke dir, vergib mir um Christi willen.«

»Segnen sie mich.«

»Gott wird dich segnen. Vergib mir um Christi willen.«

Er wollte schon gehen, aber sie ließ ihn nicht fort und brachte ihm Brot, Bretzen und Butter. Er nahm es und ging.

Es war dunkel, und er war noch keine zwei Häuser weit gegangen, als sie ihn schon aus den Augen verlor und bloß daran, daß der Hund des Protopopen ihn anbellte, erkannte, daß er weiterging.

– Diese Bedeutung hat also mein Traum. Paschenjka ist das, was ich hätte sein sollen und was ich nicht gewesen bin. Ich habe für die Menschen gelebt, unter dem Vorwande, daß ich für Gott lebe; sie lebt für Gott und bildet sich ein, für die Menschen zu leben.

– Ja, ein einziges gutes Werk, ein Napf Wasser, den man, ohne an den Lohn zu denken, gibt, ist mehr wert als alle Wohltaten, die ich den Menschen erwiesen. Es war aber auch etwas vom aufrichtigen Wunsche Gott zu dienen in mir? – fragte er sich, und die Antwort lautete: – Ja, aber all das war beschmutzt und von der menschlichen Eitelkeit überwuchert. Ja, es gibt keinen Gott für den, der so gelebt hat wie ich, des Ruhmes unter den Menschen wegen. Ich werde Ihn suchen. –

Und er zog weiter, so wie er zu Paschenjka gekommen war: von Dorf zu Dorf, sich an Pilger und Pilgerinnen anschließend und sich von ihnen wieder trennend und im Namen Christi um ein Stück Brot und um ein Nachtlager bettelnd. Manchmal schalt ihn eine böse Wirtin, manchmal beschimpfte ihn ein betrunkener Bauer, aber in den meisten Fällen gab man ihm zu essen und zu trinken und versorgte ihn sogar für den weiteren Weg. Sein herrschaftliches Äußere stimmte manche zu seinen Gunsten. Andere dagegen schienen sich darüber zu freuen, daß ein Herr in solche Armut gesunken war. Aber seine Milde besiegte alle.

Sehr oft, wenn er im Hause ein Evangelium fand, las er daraus vor, und die Leute waren immer gerührt und erstaunt und hörten das, was er las, als etwas Neues und zugleich Altbekanntes.

Wenn es ihm gelang, den Menschen durch einen Rat, oder indem er für die des Schreibens oder Lesens Unkundigen etwas schrieb oder las, oder die Streitenden versöhnte, zu helfen, sah er keinen Dank, denn er ging weg. Und Gott offenbarte sich allmählich in ihm.

Einmal ging er mit zwei alten Frauen und einem Soldaten. Ein Herr und eine Dame in einem mit einem Traber bespannten Wagen und ein anderer Herr und ein Fräulein zu Pferde hielten sie an. Der Mann der Dame und ihre Tochter ritten, die Dame fuhr aber im Wagen mit einem offenbar französischen Touristen.

Sie hielten sie an, um ihm » *les pélérins*« zu zeigen, die infolge eines, dem russischen Volke eigenen Aberglaubens, statt zu arbeiten, von Ort zu Ort ziehen. Sie sprachen französisch, da sie glaubten, die Pilger würden es nicht verstehen.

›Demandez leur,‹ sagte der Franzose, ›s'ils sont bien sûrs, de ce que leur pélérinage est agréable à Dieu.‹

Man fragte sie. Die alten Frauen antworteten:

»Wer weiß, wie Gott es aufnehmen wird. Mit den Füßen waren wir wohl dort, ob wir aber auch mit den Herzen dort waren?

Man fragte den Soldaten. Er sagte, er sei ganz allein auf der Welt und habe kein Obdach.

Man fragte Kassatskij, wer er sei.

»Ein Knecht Gottes.«

›Qu'est ce qu'il dit? Il ne répond pas.‹

›Il dit, qu'il est un serviteur de Dieu.‹

›Cela doit être un fils de prêtre. Il a de la race. Avez-vous de le la petite monnaie?‹

Der Franzose fand Kleingeld in der Tasche und gab jedem zwanzig Kopeken.

›Mais dites leur que ce n'est pas pour les cierges que je leur donne, mais pour qu'ils se régalent de thé, Tschai, Tschai!‹ rief er lächelnd: ›Pour vous, mon vieux,‹ sagte er, mit seiner behandschuhten Hand Kassatskij auf die Schulter klopfend.

»Rette euch Christus,« antwortete Kassatskij, ohne die Mütze aufzusetzen, mit seinem kahlen Kopfe nickend.

Diese Begegnung machte Kassatskij eine ganz besondere Freude, weil er die Meinung der Menschen verschmäht und das Einfachste und Leichteste getan hatte: er nahm bescheiden die zwanzig Kopeken und gab sie einem Genossen, einem blinden Bettler. Je weniger Bedeutung die Meinung der Menschen hatte, umso stärker ließ sich Gott fühlen.

Kassatskij zog acht Monate von Ort zu Ort; im neunten Monat hielt man ihn in einer Gouvernementsstadt, in der Herberge, in der er mit den andern Pilgern übernachtet hatte, an und brachte ihn, da er keinen Paß hatte, auf die Polizei. Auf die Fragen, wo er seinen Paß habe und wer er sei, antwortete er, er habe keinen Paß und sei ein Knecht Gottes. Man stellte ihn als einen Vagabunden vor Gericht und verschickte ihn nach Sibirien.

In Sibirien ließ er sich bei einem reichen Bauer nieder und lebt dort auch jetzt noch. Sr arbeitet beim Bauer im Gemüsegarten, unterrichtet die Kinder und pflegt die Kranken.

Nikolai S. Leskow: Figura

I

Als ich noch in Kiew lernte und nicht im entferntesten daran dachte, Schriftsteller zu werden, verkehrte ich bei einer armen, aber hochanständigen Familie, die in einem eigenen kleinen Häuschen am entferntesten Ende der Stadt in der Nähe des aufgehobenen Kyrillklosters wohnte. Die Familie bestand aus zwei älteren unverheirateten Schwestern und ihrer alten Tante, die gleichfalls unverheiratet war. Sie lebten bescheiden von einer kleinen Pension und vom Ertrag ihrer Milchwirtschaft und ihres Gemüsegartens. Nur drei Menschen pflegten sie zu besuchen: der bekannte russische Abolitionist Dmitrij Petrowitsch Shurawskij, ich und ein sehr origineller, ganz wie ein Bauer aussehender Mann, welcher Wigura hieß, den aber alle »Figura« nannten.

Dies ist meine Gedächtnisrede auf ihn.

Figura, oder wie die Kleinrussen dieses Wort aussprechen, »Chwigura« war in der Zeit, als ich ihn kannte, an die sechzig Jahre alt, aber noch sehr kräftig und rüstig und beklagte sich niemals über seine Gesundheit. Er war riesengroß und wie ein Athlet gebaut; sein Haar war braun und dicht, fast gar nicht ergraut, aber der Schnurrbart ganz grau. Er pflegte zu sagen, daß er »wie ein Hund grau wurde«, d. h. nicht wie die Menschen, mit dem Kopfe, sondern wie die alten Hunde mit dem Schnurrbart beginnend. Auch sein Kinnbart war grau, aber er rasierte ihn. Seine Augen waren grau und groß, die Lippen rot, das Gesicht sonnengebräunt. Sein Blick war kühn und klug mit einem Anflug der versteckten kleinrussischen Ironie.

Figura lebte wie ein echter Vorstadtbauer im Vororte Kurinewka in einem eigenen Gehöft und führte selbst die Wirtschaft mit Hilfe einer jungen und auffallend hübschen Kleinrussin, namens Christja. Figura machte alles mit eigenen Händen und hielt alles in einer einfachen, aber tadellosen Ordnung. Er grub selbst die Beete um, säte selbst die Gemüse und brachte sie auch selbst auf den Getreidemarkt am Podol, wo er sich mit seinem Wagen neben den anderen Bauern aufstellte und seine Gurken, Kürbisse, Melonen, Kohlköpfe und Rüben feilbot.

Figura verkaufte besser als die anderen, weil seine Gemüse sich durch höchste Güte auszeichneten. Besonders berühmt waren seine zarten und süßen Kürbisse von ungewöhnlicher Größe, manchmal bis zu einem Pud schwer.

Auch seine Gurken, Rüben und Kohlköpfe waren die größten und besten.

Die Händlerinnen des Podoler Getreidemarktes wußten, daß man nirgends bessere Ware bekommen konnte als bei ihm; aber er verkaufte ihnen ungern, »damit sie die Leute nicht beschwindeln,« und zog es vor, die Sachen direkt an die Verbraucher zu verkaufen.

Auf die Händler und Händlerinnen war Figura schlecht zu sprechen; er liebte es, hinter ihre Schliche zu kommen und über sie zu spotten. Mochte ein Händler oder eine Händlerin sich noch so geschickt verkleiden oder jemand anderes zu Figura schicken, um bei ihm einzukaufen, er durchschaute sofort den Schwindel und antwortete auf die Frage: »Was kostet das Schock?«:

»Es kostet Geld, ist aber leider nichts für Euer Gnaden.«

Wenn aber der Betreffende zu versichern versuchte, daß er ein gewöhnlicher Mensch sei und für sich selbst einkaufe, so antwortete Figura, ohne die Pfeife aus dem Munde zu nehmen:

»So, so! Laß' es, kriegst sowieso nichts!« Und er sagte kein Wort mehr.

Alle Leute auf dem Markte kannten ihn und wußten, daß er kein einfacher Mensch war und sich nur wie ein einfacher Mensch gebärdete, aber seinen wahren Stand und Namen, auch warum er ein so einfaches Leben führte, wußte niemand, und niemand versuchte auch dahinterzukommen.

Auch ich wußte es lange Zeit nicht; seinen wirklichen Rang weiß ich aber auch heute nicht.

Figuras Häuschen war eine gewöhnliche kleinrussische Lehmhütte, die innen übrigens in ein Wohnzimmer und eine Küche abgeteilt war. Er aß nur Pflanzen- und Milchspeisen, die ihm auf die einfachste, bäuerliche Art die eben erwähnte auffallend hübsche Christja zubereitete. Christja war ledig, hatte aber ein Kind. Dieses Kind, ein auffallend hübsches Mädchen, hieß Katrja. In der Nachbarschaft hielt man sie für »Chwiguras Tochter«, aber Figura verzog nur das Gesicht und sagte:

»Gewiß ist sie mein Kind! Da mir Gott die Gnade erwies, daß ich sie ernähren kann, so ist sie mein; aber den Wohltäter, der sie in dieses Jammertal gesetzt hat, kenne ich nicht. Soll nur jeder glauben, was ihm paßt: von mir aus kann sie auch mein Kind sein, mir ist es gleich.«

In bezug auf Katrja zweifelte man noch; was aber die schöne Christja selbst betrifft, so hielt man sie ohne jeden Zweifel für die »Freundin« Figuras.

Figura nahm auch das gleichgültig auf, und wenn jemand darüber Witze machte, so antwortete er bloß:

»Ihr seid wohl neidisch?«

Dafür trugen ja auch Figura und Christja und selbst die vollkommen unschuldige Katrja eine freiwillige Buße: keiner von den dreien aß Fleisch oder Fisch oder überhaupt etwas Lebendiges.

Die Weiber von Kurinewka glaubten zu wissen, wofür ihnen diese Buße auferlegt worden war.

Figura aber lächelte nur und sagte:

»Dumme Gänse!«

Das Verhältnis zwischen Christja und Figura war sehr nett, vermochte aber nichts zu enthüllen.

Christja lebte im Hause nicht wie eine Magd bei einer Hausfrau, sondern wie eine Verwandte bei Verwandten. Sie schleppte Wasser aus dem Brunnen, scheuerte die Böden, tünchte die Stube, wusch und nähte die Wäsche für sich, Katrja und Figura, aber die Kühe melkte sie nicht, denn diese waren für sie zu groß und stark; dieses Geschäft besorgte Figura selbst mit seinen dazu geeigneten mächtigen Händen. Sie aßen alle drei am gleichen Tisch, wobei Christja die Speisen auftrug und das Geschirr abräumte. Tee tranken sie überhaupt nicht, weil dies eine »unnütze Angewohnheit« sei, tranken aber an Feiertagen einen Aufguß von getrockneten Kirschen oder Himbeeren, und zwar ebenfalls alle drei am gleichen Tisch. Zu Besuch kamen nur die erwähnten älteren Fräuleins, Shurawskij und ich. In unserer Gegenwart tat Christja sehr geschäftig, und man konnte sie nur mit Mühe bewegen, sich für eine Weile hinzusetzen; wenn aber die Gäste sich erhoben, um wegzugehen, sprang Christja schnell von ihrem Platze auf und beeilte sich, allen in die Mäntel und Galoschen zu helfen. Die Gäste widerstrebten, aber sie bestand darauf, und auch Figura trat für sie ein, indem er zu den Gästen sagte:

»Lassen Sie sie doch ihr Gesetz erfüllen.«

Christja beruhigte sich nur dann, wenn die Gäste ihr erlaubten, ihnen »wie es das Gesetz vorschreibt« in die Mäntel und Galoschen zu helfen. Das war eben ihr Gesetz, dem die gutmütige Schöne treu und gewissenhaft nachkam.

Im Gespräche titulierten Figura und Christja einander verschieden: Figura sagte zu ihr »du« und nannte sie Christina oder Christja, sie sagte aber zu ihm »Sie« und nannte ihn mit dem Vor- und Vaternamen. Das Kind nannten alle beide »Tochter«, Katrja sagte aber zu Figura »Papa« und zu Christja »Mama« ... Katrja war neun Jahre alt und ihrer schönen Mutter wie aus dem Gesicht geschnitten.

V

Weder Figura noch Christja hatten Verwandte. Christja war eine »Waise ohne Anhang«; Figura (eigentlich Wigura) hatte zwar Verwandte, von denen der eine sogar Universitätsprofessor war, unterhielt aber zu jenen Wiguras keinerlei Beziehungen – »weil sie mit noblen Herren verkehrten«, was nach Figuras Ansicht zwar nicht gerade tadelnswert, aber für ihn »unpassend« war.

»Gott sei mit ihnen; sie sind vielleicht Assessoren oder gar Räte, wir gehören aber, wie ihr seht, zu den einfachen Schweinen.«

Im Charakter und allen Handlungen Figuras zeigte sich eine so originelle Persönlichkeit, daß das Sprichwort, welches behauptet, daß ein geschlagener Mensch wertvoller sei als ein nicht geschlagener, seine scheinbare Widersinnigkeit verlor.

Hier ist eine seiner Handlungen, die die größte Bedeutung für sein ganzes Leben hatte und dieses Leben überhaupt bestimmte. Die Geschichte war und ist wohl kaum jemand bekannt, ich aber habe sie von Figura selbst gehört und will sie wiedergeben, soweit ich mich ihrer erinnere.

Ich lebte in Kiew in einem sehr verkehrsreichen Stadtteile, zwischen der Michaels- und der Sophienkathedrale; dazwischen gab es noch zwei Holzkirchen. An Feiertagen konnte man es hier vor dem Glockengeläute kaum aushalten, in allen Straßen, die auf den Kreschtschatik münden, gab es eine Menge von Branntweinschenken und Bierhallen, auf dem Platze aber allerlei Buden und Schaukeln. Darum rettete ich mich an solchen Tagen zu Figura. Bei ihm war es still und ruhig: das hübsche Kind spielte im Grase, die schönen Frauenaugen leuchteten gütig, und der immer vernünftige und immer nüchterne Figura sprach leise und gemessen.

Einmal beklagte ich mich bei ihm über den Lärm, der in meinem Stadtteile schon am frühen Morgen zu beginnen pflegte, und er antwortete mir:

»Sprechen sie mir nicht davon. Unsere russische Art, die Feste zu begehen, konnte ich schon als Kind nicht leiden und fürchte sie auch jetzt noch. Als ich Kadett war, führte man uns manchmal zu den Schaukeln und sagte uns: ›Seht, das sind volkstümliche Belustigungen!‹ Ich dachte mir aber schon damals: was ist dabei Gutes, wenn es auch volkstümlich ist! Beim Propheten Amos lesen wir: ›Ich bin euren Feiertagen gram,‹ und ich hatte nicht umsonst das Gefühl, daß ich einmal bei solchem Feiern etwas Schlimmes erleben werde. So kam es auch, aber es ist gut, daß alles Schlechte sich für mich doch zum Guten gewendet hat.«

»Darf ich wissen, was es war?«

»Ich denke, ja. Sehen sie … als Sie noch bei Ihrer Großmutter im Ärmel saßen, hatten wir zwei Armeen: die eine hieß die erste, und die andere hieß die zweite. Ich diente unter Osten-Sacken Graf D. I. v. d. Osten-Sacken (1790-1881), russischer General, zeichnete sich im persischen Kriege 1826 aus…. Es ist derselbe Dmitrij Jerofejitsch, der auch heute noch seine Akathiste Akathistos in der griechischen Kirche Gesang zu Ehren Christi, der heiligen Jungfrau und der Heiligen. Anm. d. Übers. singt. Er war ein großer Beter vor dem Herrn, betete immer auf den Knien oder legte sich auch auf den Boden und lag lange da; bei jedem Schritt und bei jeder Bewegung bekreuzigte er sich. Viele Offiziere der Armee bemühten sich damals, ihm nachzuahmen, um sich bei ihm einzuschmeicheln … Manchen, die es konnten, gelang es auch gut … Auch mir half es einmal so, daß ich auch heute noch eine Pension beziehe. Die Sache war so.«

»Unser Regiment stand im Süden, in einer Stadt, und daselbst befand sich auch der Stab Jerofejitschs. Es fügte sich, daß ich in der Nacht auf den Ostersonntag zur Bewachung der Pulverkeller kommandiert wurde. Ich trat den Wachtdienst am Sonnabend um zwölf Uhr mittags an und mußte bis Sonntag mittag stehen.

Ich hatte bei mir meine Soldaten, zweiundvierzig Mann und außerdem sechs berittene Kosaken.

Als der Abend anbrach, beschlich mich eine Trauer. Ich war jung und meinen Angehörigen zugetan. Meine Eltern waren noch am Leben, auch meine Schwester ... aber das Wichtigste und Wertvollste für mich war meine Mutter ... meine wohltätige Mutter! ... Eine herrliche Mutter habe ich gehabt, seelengut und herzensrein, in Güte geboren und in Güte gehüllt ... sie war so barmherzig, daß sie niemand, weder einem Menschen, noch einem Tiere ein Haar krümmen konnte – sie aß sogar kein Fleisch und keine Fische aus Mitleid mit den Tieren. Mein Vater machte ihr manchmal Vorwürfe: ›Erlaube doch, sag’ mal, wie lange sollen sie sich noch vermehren? Es bleibt bald für uns kein Platz übrig.‹ Und sie antwortete: ›Nun, das kann noch eine Weile dauern, ich habe sie aber selbst großgezogen, und sie sind mir wie Verwandte. Ich kann doch nicht meine Verwandten essen.‹ Auch bei den Nachbarn aß sie sie nicht: ›Ich habe sie doch lebend gesehen,‹ sagte sie, ›sie sind meine Bekannten, und ich kann meine Bekannten nicht essen.‹ Dann wollte sie auch die Unbekannten nicht essen. ›Es ist ganz gleich,‹ pflegte sie zu sagen, ›sie sind doch gemordet.‹ Der Geistliche versuchte sie zu überreden, sagte, daß der Fleischgenuß von Gott befohlen sei, und zeigte ihr im Brevier das Gebet zur Weihe des Fleisches, sie blieb aber bei ihrer Meinung und sagte: ›Schön, da sie es gelesen haben, so essen sie es nur.‹ Der Geistliche sagte zu meinem Vater, sie habe es wohl ›von irgendwelchen Weibern, die in die Häuser eindringen und alle verführen, die ewig lernen und doch niemals Vernunft annehmen können.‹ Meine Mutter sagte aber zum Vater: ›Das ist Unsinn: ich kenne keine solchen Weiber, aber es ekelt mich einfach, daß ein Geschöpf das andere frißt.‹

Von meiner Mutter kann ich gar nicht ruhig sprechen, ich muß mich immer aufregen. So geschah es auch damals. Ich sehnte mich so nach meiner Mutter! Ich gehe auf und ab, beiße vor Langweile an einem Strohhalm und denke mir: jetzt gehen alle ins Kirchdorf zur Frühmesse, sie sammelt aber alle abgerissenen und ungewaschenen Waisenkinder bei sich, wäscht sie am Ofen, kämmt ihnen die Haare und zieht ihnen reine Hemden an. So schön ist es mit ihr! Wäre ich nicht adlig, so wäre ich bei ihr geblieben, hätte gearbeitet, und nicht den Pulverkeller bewacht. Was bewachen wir da? Schießpulver, das zum Töten dient ... Aber ich darf mich gar nicht beklagen ... Ich sollte mich schämen! Ich bekomme doch mein Gehalt, werde befördert, aber der Soldat, der ist ein ganz unglücklicher Mensch, man prügelt ihn auch noch ohne Erbarmen, er hat es unvergleichlich schwerer ... und doch lebt er und duldet alles und murrt nicht ... Kopf hoch, alle diese Gedanken werden schon vergehen. Ich denke mir: Was ist wohl das Beste, was der Mensch tun kann, wenn es ihm schwer ums Herz ist? Ich denke mir das eine, das andere, das dritte und schließlich muß ich wieder an meine Mutter denken; sie pflegte zu sagen: ›Wenn es dir schlecht geht, so gehe zu denen, denen es noch schlechter geht....‹ Nun, den Soldaten geht es noch schlechter als mir....

›Ich will mal den armen Soldaten,‹ sage ich mir, ›eine Freude machen! Ich will sie bewirten, mit Tee traktieren, will mit ihnen auf meine Kosten das Osterfest begehen!‹

Dieser Gedanke gefiel mir gut.«

»Ich rief die Ordonnanz, gab ihr Geld aus meinem Beutel und schickte sie, ein viertel Pfund Tee, drei Pfund Zucker, ein Schock rote Ostereier und für den Rest Safranbrot zu kaufen. Ich hätte noch mehr kaufen lassen, aber ich hatte nicht mehr Geld bei mir.

Die Ordonnanz brachte alles, ich setzte mich an den Tisch, schlug den Zucker in Stückchen und vertiefte mich in die Berechnung: wieviel Stück kommen auf einen Mann.

Die Arbeit war nicht groß, aber sie vertrieb meine Langweile. Ich sitze vergnügt da, zähle die Stücke und denke mir: es sind einfache Menschen, niemand ist gut zu ihnen, diese Aufmerksamkeit wird ihnen angenehm sein. Wenn ich die Glocken höre und die Leute aus der Kirche gehen, werde ich meinen Leuten gratulieren: ›Kinder! Christ ist erstanden!‹ und werde ihnen meine Gaben darbieten.

Wir lagen draußen vor der Stadt, denn die Pulverkeller befinden sich weit von Menschenwohnungen. Als Wachtstube diente uns der Vorraum eines leeren Kellers, in dem damals kein Pulver war. Im gleichen Raum sahen die Soldaten und ich, die Wachtposten standen draußen ... drei Kosaken waren bei den Soldaten, und drei waren ausgeritten.

Nun hören wir in der Stadt die Glocken läuten und sehen auch Lichter. Auch nach der Uhr sehe ich, daß der Gottesdienst gleich zu Ende gehen muß – also werde ich gleich meine Leute bewirten. Ich stehe auf, um nach den Posten zu schauen, und höre plötzlich einen Lärm ... ein Handgemenge ... Ich gehe hin, und von dort fliegt mir etwas unter die Füße, und im gleichen Augenblick bekomme ich eine Ohrfeige ... Was schauen Sie mich so an? Ja, eine richtige Ohrfeige, und im gleichen Nu fliegt mir ein Epaulett von der Schulter!

»Was ist das? ... Wer hat mich geschlagen?«

Dabei ist es stockfinster.

›Kinder!‹ schreie ich: ›Brüder! Was geht da vor?‹

Die Soldaten erkannten meine Stimme und antworteten:

»Euer Wohlgeboren, die Kosaken haben sich betrunken und hauen um sich.«

»Wer hat sich eben auf mich gestürzt?«

»Auch Sie, Euer Wohlgeboren, haben eben von einem Kosaken eine Maulschelle gekriegt. Da liegt er ganz besinnungslos, zwei andere sind im Keller und werden gebunden. Sie wollten mit ihren Säbeln hauen«

»In meinem Kopfe wirbelte plötzlich alles durcheinander. Die schwerste Beleidigung! Ich war jung und sah alles nicht mit eigenen Augen an, sondern wie man es mir eingedrillt hatte; so dachte ich damals: »Wenn man *dich* geschlagen hat, so ist es entehrend, wenn aber *du* schlugst, so macht es nichts, es ist sogar eine Ehre...« Ich hätte den Kosaken auf der Stelle erschlagen sollen! ... Ich erschlug ihn aber nicht. Wozu tauge ich noch? Ich bin ein geohrfeigter Offizier. Nun ist für mich alles aus...

Ich schwöre, daß ich ihn erstechen werde! Ich muß ihn erstechen! Er hat mir meine Ehre genommen, er hat mir meine ganze Karriere verdorben. Ich muß ihn erschlagen, auf der Stelle umbringen! Ob das Gericht mich freisprechen wird oder nicht, – meine Ehre wird aber gerettet sein.

In meinem Innersten spricht aber eine Stimme: »Du sollst nicht töten!« Und ich begriff, wessen Stimme es war! Es war Gott, der so zu mir sprach, meine Seele war davon überzeugt. Wissen Sie, es war eine so feste und unwankbare Überzeugung, daß ich keines Beweises bedurfte. Er ist Gott! Er steht doch über Sacken selbst! Sacken kommandiert und wird einmal mit einem hohen Orden verabschiedet werden. Gott wird aber die Welt in alle Ewigkeit kommandieren! Wenn er mir nicht erlaubt, den zu töten, der mich geschlagen hat, was soll ich dann mit ihm anfangen? Was soll ich machen? Mit wem soll ich mich beraten? ... Am besten doch mit dem, der es selbst erfahren hat. Jesus Christus! ... Hat man dich nicht auch geschlagen? ... Man hat dich geschlagen, und du hast verziehen ... was bin ich aber vor dir ... ein Wurm ... eine Null! Ich will dein sein: ich habe verziehen! Ich bin dein ... Dabei muß ich aber weinen ... und ich weine, weine!

Die Soldaten glauben, daß ich vor Kränkung weine, ich weinte aber, Sie verstehen doch ... gar nicht vor Kränkung...

Die Soldaten sagen:

»Wir werden ihn erschlagen!«

»Was fällt euch ein! ... Gott sei mit euch! ... Man darf einen Menschen nicht töten!« Und ich frage den Ältesten:

»Was hat man mit ihm gemacht?«

»Wir haben ihm die Hände gebunden und ihn so in den Keller geworfen.«

»Bindet ihm sofort die Hände auf und bringt ihn her.«

Sie gingen hin, um ihn aufzubinden, und plötzlich geht die Kellertüre weit auf, und der Kosak fliegt wie auf Flügeln auf mich zu, fällt mir wie ein Sack vor die Füße und schreit:

»Euer Wohlgeboren! ... ich bin ein unglücklicher Mensch!...«

»Gewiß bist du ein unglücklicher Mensch.«

»Was haben sie mit mir gemacht!...«

Dabei weint er, bittet und heult sogar.

»Steh' auf!« sage ich ihm.

»Ich kann nicht aufstehen ... ich bin meiner Sinne noch nicht mächtig...«

»Warum bist du deiner Sinne nicht mächtig?«

»Ich trinke nie, sie haben mich aber betrunken gemacht ... Ich habe ein junges Weib und kleine Kinder daheim ... und alte Eltern ... Was habe ich angestellt!...«

»Wer hat dich betrunken gemacht?«

»Die Kameraden, Euer Wohlgeboren, – sie zwangen mich, für die Lebenden und für die Toten zu trinken ... Ich trinke sonst nie!...«

Und er erzählte mir, daß die Kameraden ihn in eine Schenke geführt und gezwungen hätten, um des Auferstehungsfestes willen beim ersten Glockenläuten zu trinken, damit es alle Lebenden und Toten, »leicht hätten«; ein Kamerad hätte ihm ein Gläschen spendiert, ein anderer – ein zweites, das dritte hätte er sich aber schon selbst gekauft und auch die anderen traktiert; er wisse nicht mehr, wie es ihm eingefallen sei, sich auf mich zu stürzen, mich zu schlagen und mir das Epaulett herunterzureißen.

Eine schöne Bescherung! Jetzt wälzt er sich mir zu Füßen, weint wie ein Kind, der ganze Rausch ist verflogen ... Er jammert:

»Meine Kindchen, meine Täubchen! ... Meine armen Eltern! ... Meine unglückselige Frau! ...«

X

»Der arme Kerl jammert, alle Soldaten schauen ihn an, und ich sehe es ihnen an, daß es ihnen schwer zumute ist; mir ist es aber schwerer als allen. Wie ich mir aber die Sache ein wenig überlegte, beruhigte sich mein Herz; ich denke mir: »hätte er mich unter vier Augen geschlagen, so würde ich nicht einen Augenblick geschwankt haben; ich würde ihm sagen: »Gehe in Frieden und tue es nicht wieder.« Aber es war doch vor den Augen meiner Untergebenen geschehen, denen ich mit dem Beispiel vorangehen mußte...

Dieses Wort rettete mich ... Mit welchem »Beispiel« muß ich ihnen vorangehen? Ich kann es doch nicht vergessen ... ich kann nicht an Jesus denken und zugleich den Menschen ganz anders behandeln...

»Nein« denke ich mir, »das geht nicht ... ich habe mich verwirrt – ich will es lieber vorerst beiseite lassen... wenigstens für eine Weile, und nur das sagen, was sich gehört...‹

Ich nehme ein Ei in die Hand und will schon sagen: ›Christ ist erstanden!‹ – aber ich fühle, daß ich schwindele. Jetzt bin ich nicht mehr Sein, ich bin Ihm fremd ... Ich will es aber nicht... ich will mich Ihm nicht entfremden. Warum handle ich aber so wie die, denen es mit Ihm schwer war... wie der, der da sagte: ›Herr, gehe von mir; denn ich bin ein sündiger Mensch!‹ Ohne Ihn ist es natürlich leichter... Ohne Ihn kann man mit allen Menschen auskommen... sich allen anpassen...

Das will ich aber nicht! Ich will nicht, daß es mir leichter sei! Ich will es nicht!

Da fällt mir etwas anderes ein... Ich will Ihn nicht bitten, daß Er von mir gehe, sondern ich will Ihn zu mir rufen... komm näher! Und ich beginne: ›Jesu Christ, Du wahrhaftes Licht, das jeden Menschen, der in Frieden geht, erleuchtet...‹

Die Soldaten spitzen die Ohren... jemand spricht mir nach:

›Jeden Menschen!‹

›Ja,‹ sage ich, ›jeden Menschen, der in Frieden geht.‹ Und ich lege die Worte so aus, daß Er den erleuchte, der von Feindschaft zum Frieden gehe. Und ich rufe noch lauter: ›Das Licht seines Antlitzes erleuchte uns Sünder!‹

›Es erleuchte uns!... es erleuchte uns!‹... hauchen alle Soldaten in einem Atem... Alle erzittern... alle schluchzen... alle haben das höchste Licht erblickt und drängen sich zu ihm...

›Brüder,‹ sage ich, ›wollen wir schweigen!‹

Alle begreifen es sofort.

›Mögen unsere Zungen verdorren‹ antworten sie, ›wir werden nichts sagen.‹

›Gut,‹ sage ich: ›Christ ist erstanden!‹ Und ich küsse zuerst den Kosaken, der mich geschlagen hat, und fange dann an, auch die anderen zu küssen. ›Christ ist erstanden!‹ – ›Er ist in Wahrheit erstanden!‹

Und wir umarmten einander in wahrhafter Freude. Der Kosak weinte aber noch immer und sagte: ›Ich will nach Jerusalem pilgern und dort zu Gott beten .... Ich will den Geistlichen bitten, daß er mir eine Buße auferlege.‹

›Gott sei mit dir,‹ sagte ich ihm, ›geh nicht nach Jerusalem, sondern trinke lieber nicht mehr.‹

›Nein,‹ sagte er weinend, ›ich werde keinen Schnaps mehr trinken, Euer Wohlgeboren, und auch zum Geistlichen gehen ....‹

›Nun, wie du willst.‹

Es kam die Ablösung, wir kehrten zurück, und ich meldete, daß alles in Ordnung sei; auch alle Soldaten schwiegen. Aber es fügte sich doch so, daß unser Geheimnis ans Licht kam.«

»Am dritten Feiertag ruft mich der Kommandeur zu sich, sperrt sich mit mir ein und sagt:

›Wie konnten sie bloß, als Sie das letztemal vom Wachtdienst kamen, melden, daß alles in Ordnung sei, während bei Ihnen etwas Schreckliches passiert war?‹

Ich antworte:

›Zu Befehl, Herr Oberst, der Vorfall war wirklich schrecklich, aber Gott hat uns erleuchtet, und alles ist gut abgelaufen.‹

›Ein Gemeiner hat einen Offizier tätlich beleidigt und ist ungestraft geblieben ... das nennen Sie glücklich abgelaufen? Wissen Sie denn nichts von Subordination und von Ehrgefühl?‹

›Herr Oberst,‹ sage ich ihm, ›der Kosak hat sonst nie getrunken und war wahnsinnig geworden, weil man ihn mit Gewalt betrunken gemacht hatte.‹

›Trunksucht ist keine Entschuldigung!‹

›Auch ich halte sie nicht für eine Entschuldigung – Trunksucht ist ein Verderbnis, aber ich hatte nicht den Mut, den Vorfall zu melden, damit man nicht meinetwegen einen unvernünftigen Menschen bestrafe. Verzeihung, Herr Oberst, ich habe ihm vergeben.‹

›Sie hatten kein Recht, ihm zu vergeben!‹

›Ich weiß es sehr gut, Herr Oberst, aber ich konnte mich nicht beherrschen.‹

»Sie können nach dem Vorgefallenen nicht mehr im Dienst bleiben.«

»Ich bin bereit, meinen Abschied zu nehmen.«

»Ja, reichen Sie ein Abschiedsgesuch ein.«

»Zu Befehl.«

»Sie tun mir leid, aber Ihre Handlungsweise ist ganz unstatthaft. Machen sie dafür sich selbst verantwortlich und den, der Ihnen solche Anschauungen eingegeben hat.«

Diese Worte stimmten mich sehr traurig, ich bat um Entschuldigung und sagte, daß ich niemanden verantwortlich machen würde, am allerwenigsten aber den, der mir solche Anschauungen eingegeben, da ich sie der christlichen Lehre entnommen hätte.

Das gefiel dem Obersten gar nicht.

»Was kommen Sie mir mit Ihrem Christentume!« sagte er. »Ich bin doch kein reicher Kaufmann und keine Dame. Ich kann weder eine Glocke spenden, noch verstehe ich einen Teppich für die Kirche zu sticken; von Ihnen verlange ich aber, daß Sie Ihre Dienstpflicht tun. Der Soldat muß die christlichen Regeln aus seinem Diensteid schöpfen; wenn sie aber das eine mit dem anderen nicht in Einklang bringen konnten, so hätte Ihnen der Geistliche alles aufgeklärt. Sie sollten sich doch schämen, daß der Kosak, der Sie geschlagen, besser als Sie wußte, was er zu tun hatte: er ging zum Geistlichen und gestand ihm alles! Nur dieses hat ihn gerettet, und nicht Ihre Verzeihung. Dmitrij Jerosejitsch hat ihm nicht Ihretwegen verziehen, sondern dem Geistlichen zuliebe, aber alle Soldaten, die mit Ihnen auf der Wache waren, werden degradiert werden. Bemühen Sie sich nun zu Sacken; er wird mit Ihnen selbst reden, ihm können Sie von Ihrem Christentum erzählen: er kennt die kirchlichen Bücher so gut wie das Militärstatut. Nehmen Sie es mir nicht übel: alle sind der Ansicht, daß Sie, nachdem Sie, mit Verlaub zu sagen, eine Maulschelle bekommen, dem Kosaken nur darum zu verzeihen geruht haben, damit die Ihrer Ehre zugefügte Beleidigung Ihnen nicht im Wege sei, im Dienste zu bleiben ... Das geht nicht! Ihre Kameraden wollen mit Ihnen nicht länger dienen.«

Dies kam mir damals, da ich noch jung war, grausam und kränkend vor. »Zu Befehl, Herr Oberst,« sagte ich ihm, »ich gehe zum Grafen Sacken, melde ihm den Sachverhalt und erkläre ihm, was mich bewegte, so zu handeln – ich will ihm alles gewissenhaft erzählen. Vielleicht wird er die Sache mit anderen Augen anschauen.«

Der Kommandeur winkte nur mit der Hand.

»Sagen Sie ihm alles, was Sie wollen, aber es wird Ihnen nichts helfen. Sacken kennt wohl die kirchlichen Satzungen, das stimmt, aber jetzt folgt er doch noch dem Militärstatut. Er ist noch nicht Bischof.«

In Offizierskreisen erzählte man sich damals allerlei Unsinn über Sacken: die einen sagten, er hätte Visionen und wisse von einem Engel, wann er eine Schlacht zu beginnen habe; andere erzählten noch merkwürdigere Dinge; der Regimentszahlmeister aber, der einen großen Bekanntenkreis in der Kaufmannschaft hatte, versicherte, daß der Moskauer Metropolit Philaret dem Grafen Protassow gesagt habe: »Wenn ich sterbe, so ernennen Sie um Gottes willen weder Murawjow zum Oberprokurator des Synods, noch den Kiewer Rektor Innokentij zum Moskauer Metropoliten. Sie sehen nur gut aus, werden aber ihre Sache nicht gut machen; ernennen Sie an Ihre Stelle Sacken und an meine irgendeinen bescheidenen Mönch. Sonst werde ich Ihnen nach dem Tode in einem finsteren Leuchten erscheinen.«

Ich wollte damals nicht dulden, daß Sacken glaube, ich hätte die erhaltene Ohrfeige nur darum verheimlicht, um im Dienste bleiben zu können. Furchtbar dumm! Ist es denn nicht ganz gleich? Jetzt erscheint es mir lächerlich, aber in meinem damaligen rasenden Zustande sah ich meine Ehre wirklich in solchen Dummheiten wie eine fremde Meinung... Ich hatte schon mehrere Nächte nicht geschlafen: die eine Nacht auf der Wache und die folgenden drei Nächte vor Aufregung... Es kränkte mich, das die Kameraden schlecht von mir dachten und das Sacken schlecht von mir dachte! Sehen Sie, ich wollte, daß alle von mir gut denken!...

Deswegen schlief ich wieder die ganze Nacht nicht, am nächsten Morgen stand ich aber früh auf und ging zu Sacken. Im Empfangssaal befand sich erst nur ein Auditor, dann versammelten sich auch noch mehr Leute. Sie tuscheln leise miteinander, ich habe aber keine Bekannten da – ich schweige und fühle, wie mich ganz ungelegen der Schlaf überwältigt. – Die Augen fallen mir zu. Lange wartete ich mit den anderen auf Sacken, an diesem Morgen wollte er wie absichtlich nicht kommen: er betete noch immer in seinem Schlafzimmer vor dem wundertätigen Heiligenbilde. Er war ja ungemein fromm: jeden Tag sprach er alle Morgen- und Abendgebete und noch drei Akathiste dazu; manchmal dauerte das unendlich lange. Es kam vor, daß er müde wurde zu knien und auf den Teppich hinfiel, dann betete er liegend weiter. Ihn dabei zu stören oder sein Gebet zu unterbrechen, Gott behüte davor einen jeden! Dazu würde sich wohl auch vor einem Sturmangriff niemand entschließen, denn ihn beim Beten zu stören war dasselbe, wie ein Kind, das nicht ausgeschlafen hat, zu wecken. Dann wurde er launisch und zänkisch, und man konnte ihn durch nichts beschwichtigen. Seine Adjutanten wußten das – die einen waren ebenso fromm wie er, die anderen verstellten sich bloß. Er machte keinen Unterschied, und liebte und begünstigte alle gleich.

Wenn er in den Saal trat, so erkannten seine Stabsoffiziere sofort, ob er sich sattgebetet hatte; dann war er guter Laune, und man brachte ihm alle Papiere zur Unterschrift.

Ich hatte gerade dieses Glück: sobald Sacken im Empfangssaal erschien, sagte ein erfahrener Mann zu mir:

»Sie haben es gut getroffen, heute kann man ihn um alles bitten, er hat sich sattgebetet.«

Ich fragte:

»Woran erkennen Sie das?«

Der erfahrene Mann antwortete mir:

»Sehen sie denn nicht: seine Knie sind weiß, und über den Brauen hat er helle Fleckchen ... es ist wie ein Leuchten ... Also wird er freundlich sein.«

Das Leuchten über den Brauen sah ich nicht, die Hose war aber an den Knien wirklich weiß.

Er sprach mit allen und entließ sie, mich behielt er aber als den letzten zurück und befahl mir, ihm ins Kabinett zu folgen.

– Nun – denke ich mir – jetzt kommt das Ende. – Und mein Schlaf war verflogen.«

In seinem Kabinett stand ein großes Heiligenbild mit kostbaren Beschlägen auf einer eigenen Erhöhung, und davor brannte eine dreiflammige Lampe.

Sacken ging zuerst zum Heiligenbild, bekreuzigte sich und verneigte sich bis zur Erde, dann erst wandte er sich zu mir um und sagte:

»Ihr Regimentskommandeur tritt für Sie ein. Er lobt Sie sogar, er sagt, Sie seien ein guter Offizier gewesen, aber ich kann Sie doch nicht im Dienste behalten.«

Ich antworte ihm, daß ich darum gar nicht bitte.

»Sie bitten nicht darum? Warum bitten Sie nicht?«

»Ich weiß, daß es nicht geht, und bitte nicht um etwas Unmögliches.«

»Sie sind stolz!«

»Zu Befehl, nein.«

»Warum sprechen Sie dann vom ›Unmöglichen‹? Es ist französischer Geist! Hochmut! Bei Gott ist alles möglich! Stolz!«

»In mir ist kein Stolz.«

»Unsinn!... Ich sehe es. Es ist die französische Krankheit! ... Willkür! ... Sie wollen Ihren Willen durchsetzen. Aber ich kann Sie wirklich nicht behalten. Ich habe auch meine Vorgesetzten über mir... Ihr freigeistiger Streich kann auch dem Kaiser zu Ohren kommen... Was war das auch für ein Einfall!«

»Der Kosak,« sage ich ihm, »hat sich durch ein schlechtes Beispiel verleiten lassen, sich bis zur Bewußtlosigkeit zu betrinken, und war, als er mich schlug, seiner Sinne nicht mächtig.«

»Und Sie haben es ihm verziehen?«

»Ja, ich konnte nicht anders!...«

»Aus welchem Grunde?«

»Es war eine Eingebung meines Herzens.«

»Hm! ... Des Herzens!... Im Dienste kommt erst die Pflicht und nicht das Herz ... Sie bereuen es doch wenigstens?«

»Ich konnte nicht anders.«

»Sie bereuen es also nicht!«

»Nein.«

»Und Sie bedauern es auch nicht?«

»Ihn bedaure ich wohl, mich aber nicht.«

»Und Sie würden ihm vielleicht auch zum zweitenmal verzeihen?«

»Ich denke, zum zweitenmal würde es mir leichter fallen.«

»So, so! ... So denken Sie also! ... Der Soldat hat ihn auf die eine Backe geschlagen, und er will ihm auch die andere anbieten.«

Ich denke mir: – Halt! Untersteh dich nicht, über solche Sachen zu scherzen! – Und ich sah ihn stumm mit diesem Ausdruck an.

Er schien etwas verlegen, setzte sich aber gleich wieder die Generalsmiene auf und fragte: »Wo bleibt dann Ihr Stolz?«

»Ich hatte eben die Ehre, Ihnen zu melden, daß ich keinen Stolz habe.«

»Sind Sie Edelmann?«

»Ja, ich bin adliger Abstammung.«

»Und Sie haben diesen ... *noblesse oblige* ... Adelsstolz nicht?«

»Ein Edelmann ohne Stolz?«

Ich schwieg und dachte mir dabei: – Nun ja, ja: ein Edelmann ganz ohne Stolz. Was wirst du mit mir wohl anfangen? –

Er läßt aber nicht locker und sagt: »Warum schweigen sie denn? Ich frage Sie nach diesem edlen Stolz?«

Ich schwieg wieder, er fuhr aber fort:

»Ich frage sie wieder nach dem *edlen* Stolz, der den Menschen erhebt, Jesus Sirach hat befohlen: ›Siehe zu, dass du einen guten Namen behaltest‹...«

Ich sah mich schon als entlassen und darum als frei an und antwortete ihm, daß ich im Evangelium nichts von einem edlen Stolze gelesen hätte, wohl aber vom satanischen Hochmut, der dem Herrn ein Greuel ist.

Sacken ließ mich plötzlich los und sagte:

»Bekreuzigen sie sich! ... Hören Sie: ich befehle es Ihnen, bekreuzigen Sie sich!«

Ich bekreuzigte mich.

»Noch einmal!«

Ich bekreuzigte mich wieder.

»Noch ein drittes Mal!«

Ich bekreuzigte mich zum drittenmal.

Nun ging er auf mich zu, bekreuzigte mich auch selbst und flüsterte:

»Sprechen Sie nicht vom Satan! Sie sind doch orthodox?«

»Ja, orthodox.«

»Ihre Paten haben sich bei Ihrer Taufe vom Satan losgesagt, auch vom Hochmut und von allen seinen Taten, und haben ihn angespuckt. Er ist ein Mörder von Anfang und der Vater der Lüge. Spucken Sie aus.«

Ich spie aus.

»Noch einmal!«

Ich spie noch einmal aus.

»Ordentlich! ... Noch ein drittes Mal!«

Ich spie aus, auch Sacken spie aus und zerrieb den Speichel mit den Füßen. So bespieen wir den Satan von oben bis unten.

»Ja, so! ... Und jetzt ... sagen Sie mal ... Was werden Sie anfangen, wenn sie Ihren Abschied genommen haben?«

»Ich weiß es noch nicht.«

»Haben Sie ein Vermögen?«

»Nein.«

»Das ist nicht gut! Haben Sie einflußreiche Verwandte?«

»Auch nicht.«

»Das ist schlimm! Auf wen hoffen Sie noch?«

»Nicht auf die Fürsten und nicht auf die Menschensöhne: ohne Gott fällt auch nicht ein Sperling auf die Erde, und ich erst recht nicht.«

»Oho, wie belesen Sie sind ... Wollen Sie Mönch werden?«

»Zu Befehl, nein, ich will nicht.«

»Warum nicht? Ich könnte Innokentij schreiben.«

»Ich fühle keinen Beruf dazu.«

»Was wollen sie dann?«

»Ich will nur, daß Sie nicht denken, ich hätte die empfangene Ohrfeige verschwiegen, um im Dienste zu bleiben: ich tat es einfach, um...«

»Um Ihre Seele zu retten! Ich verstehe Sie sehr gut! Darum sage ich Ihnen auch: werden Sie Mönch.«

»Nein, ich kann nicht Mönch werden, auch dachte ich gar nicht an die Rettung meiner Seele; mich dauerte einfach der Mensch, daß er nicht zu Tode geprügelt werde.«

»Die Strafe ist oft von Nutzen. ›Welchen der Herr lieb hat, den züchtigt er.‹ Sie haben doch nicht alles gelesen ... Übrigens tun Sie mir doch leid. Sie leiden für Ihre Überzeugung! ... Wollen Sie in die Kommissariats-Kommssion?«

»Nein, ich danke ergebenst.«

»Warum denn nicht?«

»Ich weiß nicht, wie ich es Ihnen wahrheitsgemäß erklären soll ... ich bin dazu ungeeignet.«

»Dann in die Proviantverwaltung?«

»Auch dazu bin ich ungeeignet.«

»Dann ins Zeughaus! Ss kommen dort mitunter auch ehrliche Beamte vor.«

Er hat mich mit seinen Fragen einfach hypnotisiert, ich bin so schläfrig, daß ich mich kaum noch halten kann.

Sacken steht aber vor mir, nickt im Takte mit dem Kopf und zählt an den Fingern ab:

»Ist in der Schrift belesen; hat keinen edlen Stolz; ist geohrfeigt; will nicht in die Kommissariats-Kommission; will nicht in die Proviantverwaltung, will auch nicht ins Kloster! Aber ich glaube, jetzt verstehe ich, warum Sie nicht ins Kloster wollen: Sie sind verliebt?«

Ich will aber nur schlafen.

»Zu Befehl nein, ich bin in niemand verliebt.«

»Haben auch nicht die Absicht zu heiraten?«

»Nein.«

»Warum nicht?«

»Ich habe einen schwachen Charakter.«

»Das sieht man Ihnen an! Auf den ersten Blick! Sind Sie schüchtern, fürchten Sie die Frauen, ja?«

»Manche Frauen fürchte ich.«

»Sie tun gut daran! Die Frauen sind eitel und ... es gibt auch sehr böse; aber nicht alle Frauen sind böse und nicht alle betrügen.«

»Ich fürchte, selbst Betrüger zu sein.«

»Wieso? ... Warum?«

»Ich hoffe nicht, eine Frau glücklich zu machen.«

»Warum? Fürchten Sie die Verschiedenheit der Charaktere?«

»Ja,« sage ich ihm, »die Frau kann mißbilligen, was ich für gut halte, und auch umgekehrt.«

»Beweisen Sie ihr, daß Sie recht haben!'«

»Man kann alles beweisen, aber das führt nur zu Streitigkeiten, und der Mensch wird dadurch schlimmer und nicht besser.«

»Sie lieben die Streitigkeiten nicht?«

»Ich kann sie nicht leiden.«

»Dann gehen Sie doch, mein Lieber, ins Kloster! Was haben Sie dagegen?! Als Mönch werden Sie es ja mit Ihrer Stimmung sehr gut haben.«

»Das glaube ich nicht.«

»Warum? Warum glauben Sie das nicht? Warum?«

»Ich fühle keinen Beruf dazu.«

»Sie sind im Irrtum: Beleidigungen verzeihen, ehelos leben – das ist ja der mönchische Beruf. Was bleiben denn sonst noch für Schwierigkeiten? Kein Fleisch essen? Ist es das, was Sie fürchten? Aber es ist doch nicht so streng...«

»Ich esse niemals Fleisch.«

»Dafür gibt es vorzügliche Fische.«

»Ich esse auch keine Fische.«

»Was, auch keine Fische? Warum?«

»Es ist mir unangenehm.«

»Wie kann es unangenehm sein, Fische zu essen?«

»Es ist wohl angeboren: meine Mutter aß keine geschlachteten Tiere und auch keine Fische.«

»Wie sonderbar! Sie essen also nur Pilze und Gemüse?«

»Ja, auch Milch und Eier. Es gibt ja noch viele andere Sachen, die man essen kann.«

»Nun, dann kennen Sie sich selbst nicht: Sie sind ein geborener Mönch, und man wird Sie sofort in den strengsten Orden aufnehmen. Das freut mich sehr! Das freut mich sehr! Ich will Ihnen gleich einen Brief an Innokentij mitgeben!«

»Durchlaucht, ich gehe doch nicht ins Kloster!«

»Nein, Sie gehen hin – solche, die auch keine Fische essen, gibt es nur sehr wenige! Sie sind ein Asket! Ich schreibe gleich den Brief.«

»Schreiben sie ihn bitte nicht: ich gehe nicht ins Kloster. Ich will mein Brot im Schweiße meines Angesichts essen.«

»Schreiben sie ihn bitte nicht: ich gehe nicht ins Kloster. Ich will mein Brot im Schweiße meines Angesichts essen.«

Sacken verzog das Gesicht.

»Sie haben, sagte er, »zuviel in der Bibel gelesen, lesen Sie die Bibel nicht. Das paßt für die Engländer: Sie sind schwach im Glauben und legen alles falsch aus. Die Bibel ist gefährlich, sie ist ein weltliches Buch. Ein Mensch mit asketischen Anlagen soll sie nicht in die Hand nehmen.«

– Mein Gott! – denke ich mir. – Was ist das für ein Peiniger! –

Und ich sage ihm:

»Durchlaucht, ich habe Ihnen schon gesagt: in mir sind keinerlei asketische Anlagen.«

»Macht nichts, gehen Sie auch ohne die Anlagen ins Kloster! Die Anlagen kommen später; am wertvollsten ist, daß es Ihnen angeboren ist: sie essen nicht nur kein Fleisch, sondern auch keine Fische. Was wollen sie noch mehr!«

Ich verstumme. Ich verstumme und denke nur noch daran, wann er mich endlich entlassen wird, damit ich schlafen gehen kann.

Er aber legt mir seine Hände auf die Schultern, blickt mir lange in die Augen und sagt:

»Lieber Freund! Sie sind schon berufen, aber Sie verstehen es selbst noch nicht!...«

»Ja,« antworte ich ihm, »ich verstehe es nicht!«

Ich fühle, daß mir schon alles gleich ist, daß ich sofort im Stehen einschlafen werde, darum antworte ich ihm instinktiv:

»Ich verstehe es nicht.«

»Nun, dann wollen wir,« sagt er, »zusammen vor diesem Heiligenbilde eifrig beten. Dieses Bild habe ich in Frankreich, Persien und an der Donau mitgehabt...Viele Male fiel ich vor ihm zweifelnd nieder, und wenn ich mich erhob, war mir alles klar. Knien Sie auf dem Teppich nieder und verneigen die sich bis zur Erde...Ich fange an.«

Ich kniete nieder und verneigte mich, und er begann mit andächtiger Stimme: »Eröffne mir den ewigen Rat....«

Weiter hörte ich nichts mehr, ich fühlte nur, daß ich, sobald ich den Teppich mit der Stirn berührte, wie ein Nagel zu sinken begann, immer tiefer und tiefer zum Mittelpunkt der Erde.

Ich fühle, daß es nicht das ist, was ich brauche: ich müßte wie eine leichte Feder emporfliegen, sinke aber wie ein Nagel in die Tiefe, ›ins Unbetretene, nicht zu Betretende,‹ wie Goethe sagt.

Ich kehre nach einer längeren Weile aus der Tiefe an die Oberfläche zurück und erkenne nichts mehr: die dreiflammige Lampe brennt, in den Fenstern ist es dunkel, vor mir schläft auf dem Teppich irgendein General, zu einem Knäuel zusammengerollt.

»Was ist das für ein Ort?« Im Schlafe hatte ich alles vergessen.

Ich erhebe mich leise, setze mich auf und frage mich: Wo bin ich? Ist das wirklich ein General, oder kommt es mir nur so vor? ...Ich berühre ihn ...er ist warm; da sehe ich, daß auch er erwacht und sich rührt... Auch er setzt sich auf und schaut mich an... Dann sagt er:

»Was sehe ich? ...Figura!«

Ich antworte: »Zu Befehl.«

Er bekreuzigte sich und befahl auch mir:

»Bekreuzige dich!«

Ich bekreuzigte mich.

»Wir waren doch zusammen dort?«

»Jawohl.«

»Wie war es da!«

Ich sagte nichts.

»Welche Seligkeit!«

Ich verstehe nicht, was er meint, aber er fährt glücklicherweise fort: »Sahen sie diese Heiligkeit?!«

»Wo?«

»Im Paradiese!«

»Im Paradiese? Nein,« sage ich, »ich war nicht im Paradiese und habe nichts gesehen.«
»Wieso haben Sie nichts gesehen! Wir sind doch zusammen geflogen ... Dorthin ... hinauf!«
Ich antworte, daß ich wohl geflogen bin, doch nicht hinauf, sondern hinunter.
»Wieso, hinunter?«
»Zu Befehl, ja.«
»Hinunter?«
»Zu Befehl, ja.«
»Unten ist die Hölle!«
»Das habe ich nicht gesehen.«
»Hast die Hölle nicht gesehen?«
»Nein.«
»Was für ein Dummkopf hat dich hereingelassen?«
»Der Graf Osten-Sacken.«
»Ich bin der Graf Osten-Sacken.«
»Jetzt,« sage ich, »sehe ich es.«
»Bisher hast du es nicht gesehen?«
»Verzeihung,« sage ich, »mir ist, als hätte ich geschlafen.«
»Du hast geschlafen!«
»Zu Befehl, ja.«
»Dann marsch hinaus!«
»Zu Befehl,« sage ich ihm, »aber es ist hier dunkel, und ich weiß nicht, wie ich hinaus soll.«
Sacken stand auf, öffnete mir selbst die Tür und sagte auf deutsch:
»Zum Teufel!«
So verabschiedeten wir uns, wenn auch etwas trocken, aber seine Gnadenbeweise waren damit
noch nicht zu Ende.

Ich war vollkommen ruhig, weil ich wußte, was mir teurer als alles war: meine Freiheit, die Möglichkeit, nach einem und nicht nach mehreren Geboten zu leben, nicht zu streiten, mich an niemand anzupassen und niemand etwas beweisen zu wollen, wenn es ihm von oben eingegeben – und ich wußte, wo ich diese Freiheit finden konnte. Ich wollte keine Stellung mehr annehmen, weder eine, wo man den edlen Stolz braucht, noch eine, wo man ganz ohne Stolz auskommen kann. Der Mensch kann in keiner Stellung er selbst sein; er darf nichts im Voraus versprechen und dann nach seinem Versprechen handeln; ich sehe aber, daß ich verdorben bin und weder etwas versprechen kann, noch darf, denn der Sabbat ist für den Menschen und nicht der Mensch für den Sabbat... Wenn mein Herz Mitleid fühlt, so kann ich das gegebene Versprechen auch nicht halten: wenn ich einen leidenden Menschen sehe, so beherrsche ich mich nicht und verstoße gegen den Sabbat! Im Dienste muß man eine unwankbare Festigkeit haben und sich selbst zu überreden verstehen, ich aber habe diese Gabe nicht. Ich brauche etwas ganz Einfaches ... Ich überlegte mir lange, wo ich dieses Einfache finden kann, wo ich mich nicht zu überreden brauche, und kam zum Schluß, daß es das Beste sei, die Erde zu bearbeiten.

Mich erwartete aber noch eine Belohnung.

Kurz vor meiner Abreise erklärte mir der Oberst:

»Es war doch von Nutzen für Sie, daß Sie mit Dmitrij Jerofejitsch gesprochen haben. Er war damals in bester Laune, da er sich am Morgen sattgebetet hatte; ich glaube, er hat dann auch noch mit Ihnen gebetet?«

»Gewiß.« sage ich, »wir haben gebetet.«

»Sind zusammen in den paradiesischen Gefilden gewesen?...«

»Das heißt... wie soll ich es Ihnen sagen...«

»Sie sind ja ein vorzüglicher Politiker! Sie haben es auch erreicht, Sie haben ihm außerordentlich gefallen. Er läßt Ihnen sagen, daß er Ihnen auf besonderem Wege eine Pension erwirken wird.«

»Ich habe,« sage ich, »keine Pension verdient.«

»Nun, jetzt ist es zu spät, nachzurechnen; er hat schon die Eingabe gemacht, ihm wird man es nicht abschlagen.«

So bekam ich eine Pension von sechsunddreißig Rubel im Jahre, und ich beziehe sie auch jetzt noch. Die Soldaten verabschiedeten sich von mir sehr schön.

»Macht nichts,« sagten sie, »wir sind mit Ihnen, Euer Wohlgeboren, sehr zufrieden und haben uns über nichts zu beklagen. Uns ist es ganz gleich, wo wir dienen. Ihnen wünschen wir aber, Euer Wohlgeboren, daß Sie bei uns Pope werden, um uns auf dem Schlachtfelde zu segnen.«

So viel Gutes wünschten sie mir!

Statt ihren frommen Wünschen nachzukommen, habe ich mir aber dieses Gehöft gekauft... Das Gehöft ist nicht groß, aber gut... Vielleicht wird hier einmal Katrja mit ihrem Manne wirtschaften ... Die arme Katrja! Ich habe sie einmal mit ihrer Mutter unter den Pappeln des Podolgartens aufgelesen ... Die Mutter wollte sie in fremde Hände geben und selbst Amme bei irgendeiner Gnädigen werden. Ich wurde aber böse und sagte ihr:

»Bist du von Geburt so dumm oder verrückt? Wie denkst du nur daran, dein eigen Kind zu verlassen und herrschaftliche Kinder mit deiner Milch zu ernähren! Soll nur die feine Dame, die sie geboren, sie mit ihrer eigenen Milch großziehen: so hat es Gott geboten. Komm aber einfach zu mir und ernähre dein Kind.«

Sie stand auf, wickelte Katrja in ihre Lumpen und ging mit mir. Sie sagte:

»Ich will gehen, wohin mich mein Schicksal führt!«

So leben wir, ackern und säen, und wenn uns etwas fehlt, so sehnen wir uns nicht danach. Denn wir sind einfache Leute: die Mutter ist eine heimatlose Waise, die Tochter ist klein, und ich bin ein geohrfeigter Offizier, ganz ohne jeden edlen Stolz. Eine traurige Figur!

Figura ist nach meinen Informationen Ende der fünfziger oder Anfang der sechziger Jahre gestorben. In der Literatur habe ich über ihn nichts gefunden.

Anton Pavlovich Tschechow:
In der Osternacht

Ich stand am Ufer der Goltwa und wartete auf die Fähre. Zur gewöhnlichen Zeit stellt diese Goltwa ein mittelgroßes, schweigsames und versonnenes Flüßchen dar, das mild durch das dichte Schilf leuchtet; jetzt breitete sich aber vor mir ein ganzer See aus. Die unbändigen Frühlingsgewässer hatten die beiden Ufer überschritten und die Gemüsegärten, Wiesen und Sümpfe überschwemmt, so daß aus der Wasseroberfläche hie und da einsame Pappeln und Sträucher ragten, die im Finstern düsteren Felsen glichen.

Das Wetter erschien mir herrlich. Es war dunkel, aber ich unterschied dennoch die Bäume, das Wasser und die Menschen ... Die Welt wurde von den Sternen erleuchtet, von denen der Himmel dicht übersät war. Ich kann mich nicht erinnern, jemals so viele Sterne gesehen zu haben. Es war buchstäblich kein Fleck, wo man mit dem Finger hintippen könnte. Die einen waren so groß wie Gänseeier, die anderen winzig wie Hanfsamen... Der Feiertagsparade wegen waren sie alle von klein bis groß auf den Himmel getreten, gewaschen, erneut, freudig, und alle bewegten still ihre Strahlen. Der Himmel spiegelte sich im Wasser; die Sterne badeten in der dunklen Tiefe und zitterten mit dem leisen Gekräusel der Wasseroberfläche. Die Luft war warm und still ... Weit am anderen Ufer brannten in der schwarzen Finsternis vereinzelte grellrote Feuer...

Zwei Schritt vor mir ragte die dunkle Silhouette eines Bauern in hohem Hut, mit einem dicken Knotenstock in der Hand.

»So lange kommt die Fähre nicht!« sagte ich.

»Es wäre längst Zeit für sie,« antwortete die Silhouette.

»Wartest du auch auf die Fähre?«

»Nein, ich stehe nur so da,« antwortete der Bauer gähnend. »Ich warte auf die Illumination. Ich würde schon hinüberfahren, aber mir fehlen die fünf Kopeken für die Fähre.«

»Ich will dir die fünf Kopeken geben.«

»Nein, ich danke ergebenst... Für diese fünf Kopeken kannst du für mich dort im Kloster eine Kerze spenden... So wird es besser sein, ich will hier bleiben. Wo nur die Fähre bleibt! Es ist von ihr nichts zu sehen!«

Der Bauer trat dicht ans Wasser, ergriff mit der Hand das Seil und schrie:

»Jeronim! Jeron—i—im!«

Als Antwort auf seinen Ruf ertönte vom anderen Ufer der gedehnte Schlag einer großen Glocke. Der Ton war tief wie der der dicksten Saite einer Baßgeige: es klang, als ob er von der Dunkelheit selbst erzeugt wäre. Gleich darauf ertönte ein Kanonenschuß. Er rollte durch die Dunkelheit und erstarb irgendwo weit hinter meinem Rücken. Der Bauer zog den Hut und bekreuzigte sich.

»Christ ist erstanden!« sagte er.

Die Schwingungen des ersten Glockenschlages waren noch nicht erstorben, als schon ein zweiter, dann ein dritter ertönte und die Dunkelheit sich mit einem ununterbrochenen zitternden Dröhnen füllte. Neben den roten Feuern leuchteten andere Feuer auf, und alle gerieten in eine unruhige Bewegung.

»Jeron—i—im!« ertönte ein dumpfer, gedehnter Schrei.

»Da schreit wer vom anderen Ufer,« sagte der Bauer. »Also ist die Fähre auch nicht drüben. Unser Jeronim ist eingeschlafen.«

Die Feuer und das samtweiche Glockengeläute lockten hinüber. Ich fing schon an, die Geduld zu verlieren und unruhig zu werden, als in der dunklen Ferne etwas wie die Silhouette eines Galgens auftauchte. Es war die längst ersehnte Fähre. Sie bewegte sich so langsam, daß, wenn ihre Umrisse nicht immer deutlicher hervorträten, man annehmen könnte, sie stehe auf einem Feld oder fahre ans andre Ufer.

»Schneller! Jeronim!« schrie mein Bauer. »Der Herr wartet!«

Die Fähre kam langsam ans Ufer, schwankte und blieb knarrend stehen. Auf ihr stand, sich am Seil festhaltend, ein großgewachsener Mensch in einer Mönchskutte, mit einem konischen Käppchen auf dem Kopfe.

»Warum so lange?« fragte ich, auf die Fähre springend.

»Verzeihen Sie, um Christi willen,« antwortete Jeronim leise. »Ist sonst niemand da?«

»Nein, niemand...«

Jeronim ergriff mit beiden Händen das Seil, krümmte sich zu einem Fragezeichen und hüstelte. Die Fähre knarrte und schwankte. Die Silhouette des Bauern im hohen Hut fing an, sich von mir langsam zu entfernen – die Fähre war also in Bewegung, Jeronim richtete sich bald auf und fing an, mit nur einer Hand zu arbeiten. Wir schwiegen und sahen aufs Ufer, zu dem wir fuhren. Dort begann schon die Illumination, auf die der Bauer wartete. Dicht am Wasser loderten Pechfässer. Ihre Spiegelungen, trübrot, wie der aufgehende Mond, glitten als lange breite Streifen uns entgegen. Die brennenden Fässer beleuchteten ihren eigenen Rauch und die langen Menschenschatten, die sich um das Feuer bewegten; aber seitwärts und hinter ihnen, von wo das samtweiche Läuten tönte, war noch immer die gleiche schwarze Finsternis. Plötzlich flog, die Finsternis durchschneidend, als goldenes Band eine Rakete empor; sie beschrieb einen Bogen, zerschellte gleichsam am Himmel und zerstob knatternd zu Funken. Vom Ufer her tönte ein dumpfer Lärm, der wie ein fernes Hurrageschrei klang.

»Wie schön!« sagte ich.

»Es läßt sich gar nicht sagen, wie schön es ist!« sagte Jeronim und seufzte. »Diese Nacht, Herr! Zu einer anderen Zeit achtet man gar nicht auf so eine Rakete, heute freut man sich aber über jede Dummheit. Woher sind Sie, Herr?«

Ich sagte es ihm.

»So, so... ein freudiger Tag ist heute...« fuhr Jeronim mit schwacher, seufzender Tenorstimme fort, mit der genesende Kranke zu sprechen pflegen. »Himmel und Erde und die Unterwelt freuen sich. Die ganze Kreatur jubelt. Sagen Sie mir nur, lieber Herr: warum kann der Mensch auch bei großer Freude seinen Schmerz nicht vergessen?«

Ich glaubte, daß er mich mit dieser unerwarteten Frage zu einem der unendlichen, frommen Gespräche herausforderte, die die müßigen und sich langweilenden Mönche so lieben. Ich war nicht in der Stimmung, um viel zu sprechen, und fragte bloß:

»Was haben Sie denn für Schmerzen, Bruder?«

»Gewöhnliche Schmerzen, wie alle Menschen, Euer Wohlgeboren, lieber Herr, aber heute haben wir im Kloster einen besonderen Schmerz gehabt: während der Messe mitten in der Bibelvorlesung ist der Hierodiakon Nikolai gestorben...«

»Nun, es ist Gottes Wille!« sagte ich, indem ich mich bemühte, mich dem mönchischen Ton anzupassen. »Alle müssen sterben. Ich meine, Sie müßten sich sogar freuen ... Man sagt doch, daß einer, der vor Ostern oder am Ostertage gestorben ist, ganz sicher ins Himmelreich kommt.«

»Das stimmt.«

Wir verstummten. Die Silhouette des Bauern im hohen Hut hatte sich in den Umrissen des Ufers aufgelöst. Die Pechfässer loderten immer stärker.

»Auch die Schrift und die Überlegung weisen auf die Nichtigkeit der Trauer hin,« unterbrach Jeronim das Schweigen. »Warum trauert aber die Seele und will auf die Vernunft nicht hören? Warum möchte man bitter weinen?«

Jeronim zuckte die Achseln, wandte sich zu mir um und sagte schnell:

»Wenn ich, oder wer anderes stirbt, so wird man es vielleicht gar nicht merken; aber es ist Nikolai! Niemand anderes als Nikolai! Es ist sogar schwer zu glauben, daß er nicht mehr auf der Welt ist! Ich stehe hier auf der Fähre, und es ist mir immer, als würde ich gleich seine Stimme vom anderen Ufer hören. Damit ich mich allein auf der Fähre nicht fürchte, pflegte er immer ans Ufer zu kommen und mich zu rufen. Dazu stand er eigens vom Bette auf. Die gute Seele!

Mein Gott, was für eine gute und barmherzige Seele! Manche Mutter ist nicht so, wie dieser Nikolai zu mir war! Herr, rette seine Seele!«

Jeronim ergriff das Seil, wandte sich aber gleich wieder zu mir um.

»Euer Wohlgeboren, und was für ein heller Geist!« sagte er mit singender Stimme. »Was für eine wohltönende und süße Sprache! So süß, wie man jetzt gleich bei der Ostermesse singen wird: ›Oh, deine freundliche und süße Stimme!‹ Außer allen anderen menschlichen Eigenschaften hatte er auch noch eine ungewöhnliche Gabe!« »Was für eine Gabe?« fragte ich.

Der Mönch sah mich an, als wollte er sich überzeugen, ob man mir ein Geheimnis anvertrauen dürfe, und lachte lustig auf.

»Er hatte die Gabe, Akathiste Siehe Anmerkung Seite 130. zu schreiben ...« sagte er. »Ein wahres Wunder, lieber Herr! Sie werden staunen, wenn ich es Ihnen erkläre! Unser Archimandrit stammt aus Moskau, der Vikar hat die Kasaner Geistliche Akademie absolviert, wir haben manchen klugen Hieromonachen und Starez, doch es ist keiner darunter, der zu schreiben verstünde. Aber Nikolai, der einfache Mönch und Hierodiakon, der nirgends studiert hat und dem man es gar nicht ansah, verstand zu schreiben! Ein Wunder! Ein wahres Wunder!«

Jeronim schlug die Hände zusammen und fuhr begeistert fort, ohne sich mehr um das Seil zu kümmern:

»Der Vikar hat große Schwierigkeiten, wenn er eine Predigt verfassen soll; als er die Geschichte des Klosters schrieb, hat er die ganze Bruderschaft müde gehetzt und ist selbst an die zehnmal in die Stadt gefahren. Nikolai schrieb aber Akathiste! Akathiste! Das ist doch etwas ganz anderes als eine Predigt oder eine Geschichte!«

»Ist es denn schwer, Akathiste zu schreiben?« fragte ich.

»Sehr schwer...« antwortete Jeronim und schüttelte den Kopf. »Hier kann man mit Heiligkeit und Weisheit nichts ausrichten, wenn Gott einem die Gabe versagt hat. Mönche, die es nicht verstehen, meinen, man brauche dabei nur gut das Leben des Heiligen zu kennen, dem der Akathistos gewidmet ist, und sich nach den anderen Akathisten zu richten. Aber das ist falsch, Herr. Wer einen Akathistos schreibt, muß allerdings das Leben des Heiligen sehr genau mit allen Einzelheiten kennen. Er muß sich auch nach den anderen Akathisten richten: wie sie anfangen und wie sie geschrieben sind. Beispielsweise beginnt der erste Abschnitt immer mit dem Worte ›Erwählt‹ oder ›Auserwählt‹ ... Der erste Lobgesang beginnt immer mit einem ›Engel‹. Der Akathistos an den süßesten Jesus beginnt, wenn es Sie interessiert, so: ›Der Engel Schöpfer und der Heerscharen Herr‹; der Akathistos an die Allerheiligste Muttergottes: ›Der Engel ward vom Himmel gesandt‹; an Nikolai den Wundertäter: ›Engel an Gestalt und irdisch als Geschöpf‹ usw. Immer fängt es mit dem Engel an. Natürlich muß man sich danach richten, das Wichtigste ist aber nicht die Lebensgeschichte des Heiligen und nicht die Übereinstimmung mit den anderen, sondern die Schönheit und Süße. Alles muß glatt, kurz und ausführlich sein. In jeder Zeile muß eine Zartheit, Freundlichkeit und Milde liegen, es darf kein einziges hartes, rohes oder unpassendes Wort vorkommen. Man muß es so schreiben, daß der Betende in seinem Herzen frohlocke und meine, daß sein Geist erbebe und erschauere. Im Akathistos an die Muttergottes kommen die Worte vor: ›Freue dich, du von menschlichen Gedanken unerreichbare Höhe! Freue dich, du auch für Engelsaugen unsichtbare Tiefe!‹ An einer anderen Stelle des gleichen Akathistos heißt es: ›Freue dich, du hellfrüchtiger Baum, von dem sich die Gläubigen nähren, freue dich, du schönlaubschattender Baum, unter dem viele Schutz finden!‹«

Jeronim bedeckte wie beschämt oder erschrocken das Gesicht mit den Händen und schüttelte den Kopf.

»Hellfrüchtiger Baum ... schönlaubschattender Baum...« murmelte er. »Wie findet man nur solche Worte! Gibt doch Gott einem diese Gabe! Der Kürze wegen verdichtet er viele Worte und Gedanken zu einem einzigen Wort, und wie schön und ausführlich es ihm gerät! ›Lichtspendende Leuchte‹ heißt es im Akathistos an den süßesten Jesus. Lichtspendend! Dieses Wort gibt es weder im Gespräch, noch in den Büchern, er hat es aber erdacht und in seinem Geiste gefunden! Außer daß es glatt und reich klingt, muß jede Zeile auch noch auf jede mögliche Weise ausgeschmückt sein, es müssen Blumen darin sein, der Blitz, der Wind, die Sonne und alle Gegenstände der sichtbaren Welt. Jede Anrufung muß so abgefaßt sein, daß sie glatt und für das Ohr wohltuend sei. ›Freue dich, du Lilie paradiesischen Wachstums!‹ heißt es im Akathistos an Nikolai den Wundertäter. Es heißt nicht einfach: ›Paradiesische Lilie‹, sondern ›Lilie paradiesischen Wachstums!‹ So ist es glatter und für das Ohr süßer, so schrieb eben Nikolai. Genau so! Ich kann Ihnen gar nicht sagen, wie er schrieb!«

»Ja, in diesem Falle ist es wirklich schade, daß er gestorben ist,« sagte ich. »Wollen wir aber fahren, Bruder, sonst kommen wir zu spät...«

Jeronim kam zu Besinnung und lief zum Seil. Am Ufer läuteten schon alle Glocken. Um das Kloster herum ging wohl schon die Prozession, denn der ganze dunkle Raum hinter den Fässern war voller Lichter, die sich bewegten.

»Hat Nikolai seine Akathiste gedruckt?« fragte ich Jeronim.

»Wer dachte ans Drucken?« sagte er seufzend. »Es wäre auch sonderbar, sie zu drucken. Wozu auch? Bei uns im Kloster interessiert sich niemand dafür. Man liebt es nicht. Man wußte wohl, daß Nikolai Akathiste schrieb, schenkte aber dem keine Beachtung. Heute schätzt niemand die neueren Dichtungen dieser Art!«

»Man hat Vorurteile gegen sie?«

»Gewiß. Wäre Nikolai ein Starez, so hätten sich die Brüder vielleicht doch interessiert, er war aber noch nicht vierzig Jahre alt. Manche lachten sogar darüber und hielten sein Schreiben für eine Sünde.«

»Wozu schrieb er dann?«

»So, eigentlich nur zu seinem eigenen Trost. Von allen Brüdern las nur ich allein seine Akathiste. Ich pflegte zu ihm heimlich zu kommen, damit es die anderen nicht sehen, er aber freute sich, daß ich mich dafür interessierte. Er umarmte mich, streichelte mir den Kopf und sprach zu mir freundliche Worte wie zu einem kleinen Kind. Er schloß die Türe zu, setzte mich neben sich und fing zu lesen an...«

Jeronim ließ das Seil und ging wieder auf mich zu.

»Wir waren wie Freunde,« flüsterte er, mich mit strahlenden Augen ansehend. »Wir waren immer zusammen. Wenn ich nicht bei ihm war, grämte er sich. Er liebte mich auch mehr als alle, weil ich über seine Akathiste weinte. Wenn ich daran denke, bin ich ganz gerührt. Jetzt bin ich wie eine Waise oder Witwe. Wissen Sie, wir haben im Kloster lauter brave, gute, fromme Menschen, aber ...in keinem ist Weichheit oder Zartgefühl, sie sind wie aus einfachem Stande. Sie sprechen alle laut; wenn sie gehen, stampfen sie mit den Füßen, sie lärmen und husten; Nikolai sprach aber immer leise und sanft, und wenn er sah, daß jemand schlief oder betete, so ging er so leise vorbei wie eine Fliege oder eine Mücke. Auch sein Gesicht war so zart und mitleidsvoll...«

Jeronim seufzte tief auf und ergriff das Seil. Wir näherten uns schon dem Ufer. Aus der Dunkelheit und der Stille des Flusses kamen wir allmählich in ein Zauberreich voll erstickendem Rauch, zitterndem Licht und Lärm. Neben den Pechfässern konnte man schon deutlich die sich bewegenden Menschen unterscheiden. Das flackernde Licht verlieh den roten Gesichtern und Gestalten einen seltsamen, beinahe phantastischen Ausdruck. Zwischen den Köpfen und Gesichtern waren hie und da Pferdeköpfe zu sehen, unbeweglich, wie aus rotem Kupfer gegossen.

»Gleich wird man den Osterkanon singen...« sagte Jeronim. »Nikolai ist aber tot, und es ist niemand da, der mit Andacht zuhören könnte ...Für ihn gab es nichts Süßeres als diesen Kanon. Er pflegte in jedes Wort einzudringen! Sie werden ja dort sein, Herr, lauschen sie andächtig dem Gesange: es stockt einem dabei der Atem!«

»Werden Sie denn nicht in der Kirche sein?«

»Ich darf nicht...Ich muß auf der Fähre bleiben...«

»Werden Sie denn nicht abgelöst?«

»Ich weiß nicht ...Man hätte mich schon um neun Uhr ablösen sollen, hat mich aber, wie sie sehen, nicht abgelöst! Die Wahrheit zu sagen, möchte ich zu gern in die Kirche...«

»Sind Sie Mönch?«

»Ja... d. h. Laienbruder.«

Die Fähre stieß ans Land und hielt. Ich drückte Jeronim fünf Kopeken für die Überfahrt in die Hand und sprang aufs Ufer. Im gleichen Augenblick fuhr ein knarrender Bauernwagen mit einem Jungen und einer schlafenden Frau auf die Fähre. Jeronim ergriff, von den Feuern rötlich beleuchtet, das Seil, krümmte sich und brachte die Fähre in Bewegung....

Ich machte einige Schritte durch den Schmutz, kam aber dann auf einen weichen, neu eingetretenen Fußpfad. Dieser Pfad führte mich durch die Rauchwolken, durch die unordentliche Menge von Menschen, ausgespannten Pferden und Wagen zum Klostertore, das wie ein dunkles Loch aussah. Alles knarrte, schnaubte und lachte, auf allem lag ein blutroter Lichtschein und huschten Schatten der Rauchwolken... Ein wahres Chaos! In diesem Gedränge fand man noch Platz, um eine kleine Kanone zu laden und Pfefferkuchen feilzubieten!

Innerhalb der Klostermauer ging es nicht weniger lebhaft zu, aber hier herrschte doch mehr Ordnung. Hier roch es nach Wacholder und Weihrauch. Man sprach ebenso laut, lachte aber nicht. Zwischen den Grabsteinen und Kreuzen drängten sich Menschen mit Bündeln und Osterkuchen. Viele von ihnen waren offenbar von weit hergekommen, um sich die Osterkuchen weihen zu lassen, und waren ermüdet. Über die gußeisernen Platten, die einen Steg vom Tore bis zur Kirchentüre bildeten, liefen geschäftig, mit den Absätzen klopfend, die jungen Laienbrüder. Auch auf dem Glockenturme ging es geräuschvoll zu.

– Was für eine unruhige Nacht! – dachte ich mir. – Wie schön! –

Ich sah die Unruhe und Schlaflosigkeit in der ganzen Natur, von der nächtlichen Finsternis angefangen bis zu den Eisenplatten, Grabkreuzen und Bäumen, unter denen sich die Menschen bewegten. Die Aufregung und Unruhe äußerten sich aber nirgends so stark wie in der Kirche selbst. Im Portal ging ein ununterbrochener Kampf zwischen Flut und Ebbe vor sich. Die einen kommen, die anderen gehen und kehren bald wieder zurück, um eine Weile ruhig zu stehen und dann wieder hinauszugehen. Die Menschen schlendern von Ort zu Ort, als suchten sie etwas. Vom Eingang her kommen Wellen, die durch die ganze Kirche laufen und sogar die vordersten Reihen berühren, wo die soliden und schwerfälligen Menschen stehen. Von andächtigem Beten kann hier nicht die Rede sein. Es ist auch kein Beten, sondern eine einzige, kindliche unbewußte Freude, die nach einem Vorwand sucht, um sich auszuleben und in irgendeiner Bewegung zu äußern, und sei es auch in dem sinnlosen Herumschlendern und Herumstoßen.

Dieselbe ungewöhnliche Beweglichkeit fällt auch am Ostergottesdienst selbst auf. Die Altarpforten aller Kapellen stehen offen, um den Deckenleuchter herum schweben dichte Weihrauchwolken, wo man auch hinblickt, überall ist ein Leuchten, Glänzen, das Knistern von Kerzen... Bei diesem Gottesdienste wird nichts vorgelesen; das unruhige, freudige Singen dauert ununterbrochen bis zum Schluß; nach jedem einzelnen Gesang wechseln die Geistlichen die Gewänder und schwingen aufs neue die Weihrauchfässer, und das wiederholt sich alle zehn Minuten.

Kaum hatte ich mich hingestellt, als von vorn eine Welle kam und mich zurückwarf. Vor mir ging ein großer, stämmiger Diakon mit einer langen roten Kerze in der Hand vorbei; ihm folgte mit dem Weihrauchfaß in der Hand der grauhaarige Archimandrit mit einer goldenen Mithra auf dem Kopfe. Als sie den Blicken entschwunden waren, schob mich die Menge auf meinen früheren Platz zurück. Es vergingen aber keine zehn Minuten, als eine neue Welle kam und wieder der Diakon erschien. Diesmal folgte ihm der Vikar, derselbe, der nach Jeronims Worten die Geschichte des Klosters schrieb.

Ich war mit der ganzen Menge eins geworden und von der allgemeinen freudigen Erregung angesteckt, fühlte aber zugleich schmerzvolles Mitleid mit Jeronim. Warum wird er nicht abgelöst? Warum schickt man nicht auf die Fähre einen anderen, weniger gefühlvollen und empfänglichen Menschen?

»Hebe deine Augen, Zion, und schau...« sang der Chor: »denn deine Kinder sind zu dir wie göttliche Gestirne gekommen, vom Abend und von Mitternacht, vom Meere und vom Morgen.«

Ich sah mir die Gesichter an. Alle drückten einen Jubel aus; aber kein Mensch suchte in die Worte dessen, was gesungen wurde, einzudringen, keinem »stockte der Atem«. Warum löste man Jeronim nicht ab? Ich stellte ihn mir vor, wie er bescheiden und gebückt an einer Mauer steht und die Schönheit der heiligen Worte gierig auffängt. Alles, was an den Ohren der um mich stehenden Menschen vorbeiglitt, hätte er gierig mit seiner empfänglichen Seele getrunken; er hätte sich daran berauscht, so daß ihm der Atem stockte, und es gäbe in der ganzen Kirche keinen glücklicheren Menschen als ihn. Er aber fuhr auf dem dunklen Flusse hin uns her und beweinte seinen verstorbenen Bruder und Freund.

Von hinten kam eine Welle. Ein wohlbeleibter, lächelnder Mönch drängte sich, mit dem Rosenkranz spielend und immer zurückblickend, an mir vorbei und bahnte den Weg einer Dame in Hut und Samtmantel. Der Dame folgte, über unseren Köpfen einen Stuhl tragend, ein Klosterdiener.

Ich verließ die Kirche. Ich wollte den toten Nikolai, den unbekannten Dichter der Akathiste sehen. Ich ging längs der Mauer mit den Zellen, blickte in mehrere Fenster hinein, sah aber nichts und kehrte zurück. Jetzt bedaure ich nicht, daß ich Nikolai nicht gesehen habe; Gott weiß, vielleicht wäre, wenn ich ihn gesehen hätte, das Bild erloschen, das mir meine Phantasie malt. Diesen sympathischen, poetischen Menschen, der nachts aufzustehen pflegte, um zu Jeronim hinüberzurufen, und der in seine Akathiste Blumen, Sterne und Sonnenstrahlen streute, den unverstandenen und einsamen Menschen stelle ich mir blaß und schüchtern, mit weichen, sanften und traurigen Gesichtszügen vor. In seinen Augen muß neben Klugheit auch noch die Liebe leuchten, jene kaum zurückgehaltene, kindliche Verzückung, die ich in der Stimme Jeronims hörte, als er mir die Bruchstücke aus den Akathisten zitierte.

Als wir nach der Messe die Kirche verließen, war die Nacht schon zu Ende. Der Morgen brach an. Die Sterne waren erloschen, und der Himmel war graublau und trüb. Die Eisenplatten, Grabdenkmäler und die Knospen an den Bäumen waren von Tau bedeckt. Die Morgenluft war scharf und frisch. Hinter der Klostermauer herrschte nicht mehr das Leben, das ich nachts gesehen hatte. Die Pferde und die Menschen schienen müde und schläfrig und bewegten sich kaum; von den Pechfässern waren aber nur Häufchen schwarzer Asche übriggeblieben. Wenn der Mensch müde ist und schlafen will, so scheint es ihm, daß auch die Natur das gleiche empfinde. Mir kam es vor, als ob die Bäume und das junge Gras schliefen. Als läuteten die Glocken nicht mehr so laut und freudig wie in der Nacht. Die Unruhe hatte sich gelegt, und von der Erregung war nur eine angenehme Mattigkeit, die Sehnsucht nach dem Schlafe und der Wärme zurückgeblieben.

Jetzt konnte ich schon den Fluß mit den beiden Ufern unterscheiden. Über ihn zog hie und da leichter Nebel. Das Wasser atmete Kälte und Strenge. Als ich auf die Fähre kam, standen auf ihr schon ein Wagen und an die zwanzig Männer und Weiber. Das feuchte, und wie mir schien, schläfrige Seil spannte sich weit über den breiten Fluß und verschwand stellenweise im weißen Nebel.

»Christ ist erstanden! Ist sonst niemand da?« fragte eine leise Stimme.

Ich erkannte die Stimme Jeronims. Das nächtliche Dunkel hinderte mich nicht mehr, das Gesicht des Mönches zu sehen. Er war ein großgewachsener Mann von etwa fünfunddreißig Jahren, mit schmalen Schultern, rundlichen Gesichtszügen, halbgeschlossenen, träge um sich blickenden Augen und einem ungekämmten keilförmigen Bärtchen. Er sah ungewöhnlich traurig und müde aus.

»Hat man Sie noch nicht abgelöst?« fragte ich erstaunt.

»Mich?« sagte er, sein erfrorenes, taubedecktes Gesicht zu mir umwendend und lächelnd. »Jetzt wird mich bis zum Morgen niemand mehr ablösen. Alle gehen zum P. Archimandriten zu Tisch.«

Er und ein Bäuerlein in einer roten Fellmütze, die an das Gefäß aus Lindenrinde erinnerte, in dem man Honig verkauft, stemmten sich gegen das Seil, räusperten sich, und die Fähre geriet in Bewegung.

Wir fuhren, unterwegs den träge aufsteigenden Nebel verscheuchend. Alle schwiegen. Jeronim arbeitete mechanisch mit nur einer Hand. Er betrachtete uns lange mit seinen sanften, trüben Augen und heftete dann den Blick auf das rosige, schwarzbrauige Gesicht einer jungen

Kaufmannsfrau, die auf der Fähre schweigend neben mir stand und vor dem sie umfangenden Nebel zitterte. Während der ganzen Fahrt riß er von ihr den Blick nicht mehr los.

In diesem unverwandten Blick lag wenig Männliches. Mir scheint, daß Jeronim im Gesicht dieser Frau die weichen und zarten Züge eines verstorbenen Freundes suchte.

Fjodor Sologub: Der Weg nach Emmaus

I

Bei den Sinegorows ging es in der Karwoche ganz wie im vergangenen Jahr, wie immer recht lebhaft zu. Am lustigsten waren die jüngsten Familienmitglieder, der zwölfjährige Gymnasiast Wolodja und die zehnjährige Lenoschka.

Es amüsierte sie, sich an der Herstellung von Ostereiern zu beteiligen: die einen wurden mittels bunter Läppchen und Resten von Bändern gefärbt, die anderen mit Abziehbildchen geschmückt. Es war so amüsant zu sehen, wie die Cochenille, die zu den Traditionen der Familie gehörte, ihr rotes Blut im kochenden Wasser auslöste. Ebenso angenehm war es, vom rohen Quarkkuchen zu kosten, der zwar noch nicht in der Presse gewesen war und erst mit dem großen Holzlöffel aus dem Topf herausgeholt wurde, aber so gut und süß schmeckte.

Die Mutter machte sich Sorgen wegen der Geschenke für die Verwandten und die Dienstboten: daß nur alle zufrieden seien und daß es nicht zu sehr in die Kosten gehe. Der Vater raschelte mit den Banknoten, verzog geärgert den Mund und brummte.

»Ach, diese Feiertage! Die hab ich aber satt,« sagte er, sich den roten Nacken unter den grauen Haaren reibend. »Ich bin ordentlich froh, daß man einen Teil der Feiertage abschaffen will. Der Erzbischof Nikon von Wologda mag reden was er will, aber die Zahl der Feiertage muß unbedingt gekürzt werden.«

Der Gymnasiast Wolodja wandte mit tiefem Ernst ein:

»Das Osterfest wird man uns aber in keinem Fall streichen. Dieser Feiertag muß bleiben.«

Alexander Galaktionowitsch Ssinegorow sah das sorglose, rotbackige Gesicht und das verschmitzte Lächeln seines Sohnes mit unbewußtem Neid an und sagte böse:

»Nein, gerade diesen Feiertag würde ich zu allererst abschaffen. An keinem Tage gibt man so viel Geld aus, wie an diesem.«

Seine Frau, Jekaterina Konstantinowna fiel ihm ins Wort: »Sascha, um Gottes willen! Wie kannst du nur so was in Gegenwart der Kinder sagen! Das sieht dir gar nicht ähnlich, und du bist gar nicht so geizig. Früher hast du doch selbst dieses Fest so gerne gemocht!«

In diesem Augenblick trat Nina Alexandrowna, die älteste Tochter der Ssinegorows, ins Zimmer, ein blasses, schlankes Mädchen mit schwarzen Augen. Nachdem sie eine Weile dem Gespräche zugehört, lächelte sie traurig und sagte leise:

»Ja, darin bin ich mit Papa vollkommen einverstanden. Was ist uns dieses Fest? Wem können wir ›Christ ist erstanden‹ sagen? Wen in Liebe umarmen?«

Jekaterina Konstantinowna rief entsetzt aus:

»Ninotschka, Ninotschka, was sagst du! Wie kannst du nur fragen, wen wir umarmen werden? Nun, selbstverständlich einander, unsere Verwandten, Freunde, Bekannten.«

Leise und traurig antwortete Nina:

»Ach, liebe Mama! Du sagst: die Verwandten und Bekannten ... Es ist doch ein Weltfeiertag, ein Fest für alle Menschen. Wir waren in der Kirche, haben kommuniziert und mußten unseren Feinden vergeben, allen, allen, die uns Böses getan haben. Und ich? Meinen Bräutigam hat man hingerichtet, in meinem Herzen ist kein Haß mehr, und ich habe es verziehen. Dem Richter und dem Henker – Gott sei mit ihnen! Doch wie soll ich meine Arme öffnen, wie soll ich küssen?«

Die Mutter sagte streng:

»Nina, Christus ist doch auferstanden, und wenn du glaubtest, so fändest du auch Trost.«

Nina lächelte, sie wußte, daß weder die Mutter noch sonst jemand ihr tröstende Worte zu sagen vermochte, die sie auch selbst nicht wußte. Und sie ging schweigend auf ihr Zimmer.

Du alter, weiser Glaube, der du von der Vernunft nicht gerechtfertigt wirst, doch über sie triumphierst, was tröstest du mich nicht?

Da hat man meinen Freund hingerichtet, und er ging in den schmachvollen Tod, zur Richtstätte, von stolzen Hoffnungen erfüllt, so wie auch viele vor ihm von der Hoffnung auf die Auferstehung beseelt in den Tod gingen. Doch in meinem Herzen ist finsterer Gram, und bin ich die einzige, die sich in ohnmächtiger Sehnsucht verzehrt?

Alte Kindheitserinnerungen erwachten im müßigen, sich abhärmenden Geiste. Und plötzlich kam ihr der Wunsch, eine Seite im Evangelium zu lesen.

Nina suchte das kleine Bändchen heraus. Sie schlug es auf dem Evangelium Lucä auf. Sie las den Bericht, wie Christus den zwei Jüngern auf dem Wege von Jerusalem nach Emmaus erschienen war, den einfältigen und rührenden Bericht.

»Brannte nicht unser Herz in uns?«

Nina klappte das Buch zu. Von einer süßen, unbegreiflichen Unruhe getrieben, setzte sie sich ihren Frühjahrshut auf, schlüpfte in den Übergangsmantel und trat auf die Straße.

IV

Sonnabend in der Karwoche. Es dunkelte schon.

Zwei stark pomadisierte junge Männer mit allzu üppig gebrannten Locken traten aus einem Friseurladen und schienen sehr vergnügt. Die Hausmeister verteilten an den zwischen den Laternenpfählen gespannten Drähten farbige Lämpchen für die Festbeleuchtung. Blutjunge Näherinnen liefen kichernd vorbei. Die Droschkenkutscher waren schon betrunken und rot.

Ein junger Telegraphenbeamter begleitete irgendwohin zwei junge Mädchen, die es in den Feiertagskleidchen offenbar fror, und redete ihnen zu:

»In unserer Kirche ist es viel schöner, es ist gar kein Vergleich! Erlauben sie doch!«

Die jungen Mädchen sagten etwas, beide zugleich, doch der Wind trieb ihre Worte fort, und Nina konnte sie nicht verstehen.

Alles ist so wie jedes Jahr in der Osternacht. Die Menschen begehen das alteingeführte Fest, das Fest der Feste, und dieser Tag, der eine Feier aller Feiern sein soll, wird natürlich zu einem gewöhnlichen gesetzlichen Feiertag werden, zu einem notwendigen Zubehör des langweiligen Lebens.

Brennt aber nicht mein Herz in mir?

V

An der Kreuzung zweier lärmender Straßen geht auf Nina jemand zu, der ihr bekannt vorkommt. Aber auf ihrem Gedächtnisse liegt ein Nebel, vor ihren Augen schwebt ein unsichtbarer, doch schwerer Schleier. Ihr Wille ist von Trauer und Langweile gelähmt, und sie spürt nicht mal den Wunsch, sich zu erinnern, wo sie ihren unerwarteten Begleiter schon einmal gesehen hat.

An ihm ist nichts Merkwürdiges, was ihn irgendwie von ihren vielen Bekannten unterschiede – gewöhnliche städtische Kleidung, ein intelligentes Gesicht. Aber die tiefen schwarzen Augen blicken so forschend, daß es Nina vorkommt, als dringen sie ihr in die Tiefe ihrer Seele hinein. Und ihr Herz brennt.

Leise fragt er sie:

»Warum sind Sie so nachdenklich? Warum so traurig?

Und Nina antwortet:

»Warum wundern Sie sich, daß ich so traurig bin? Wissen Sie denn nicht, was bei uns in den letzten Jahren alles vorgeht?«

Er fragt:

»Was geht denn vor?«

Nina spricht lange zu ihm, sie klagt, sie meint, sie spricht gleichsam zu sich selbst. Ihre Augen blicken in das von den Wundmalen roter Feuer zerrissene Dunkel der lärmenden Straßen. Ihr Herz zittert und brennt.

Und wie sie zu Ende ist, beginnt er zu ihr zu sprechen; leise, doch so eindringlich, wie einer, der die Gewalt hat:

»Ist es denn nicht Kleinmut? So muß eben in die Welt unsere Wahrheit kommen, nur so: in Leiden, die für den Schwachen unerträglich sind, in Taten, die das Maß der menschlichen Kräfte übersteigen. Oder haben Sie etwas Angenehmes und Leichtes erwartet, als sie den Worten Ihrer Lehrer und Weisen lauschten? Und haben Sie die nicht die Wahrheit gelehrt, daß es keine Gewalt auf Erden gibt, die den vom Schicksal vorbestimmten, in den Büchern geweissagten Gang der Ereignisse aufhalten könnte?«

Und er zitierte Worte aus den Büchern und erläuterte sie ihr. Und ihr Herz brannte in ihr.

Schüchtern fragte sie ihn:

»Und er? Mein vielgeliebter Bräutigam, den man hingerichtet hat? Wo ist er?«

Und sie vernahm die milde Stimme:

»Er ist mit dir.«

Sie richtete den erstaunten Blick auf ihren Begleiter und hörte:

»Ich bin immer mit dir, meine liebe Braut – tröste dich! Oder hast du mich nicht erkannt – mich, der ich im Geheimnis komme?«

Nina fragte in freudiger Erregung:

»Wer bist du?«

An ihrer Seite war niemand mehr. In der geschäftigen Menge, im verwirrenden, unruhigen Halbdunkel der lärmenden Straßen war ihr Begleiter verschwunden. Ein Student mit kurzem schwarzen Bärtchen wandte sich lächelnd nach ihr um, als er ihren begeisterten Ausruf hörte, und ging gleichgültig, an seiner Zigarette saugend, vorüber.

Doch im Herzen Ninas war die Freude, und ihre schwarzen Augen leuchteten vor Entzücken. Er ist mit ihr, er ist immer mit ihr. In ihrem Herzen, in ihren Gedanken, in ihrem Tun, überall ist er, der Geliebte! Sie darf nicht fürchten, darf den Mut nicht sinken lassen, sie muß glauben und tun, was er tut, lieben, was er liebte – mit ihm die Trauer der Niederlagen und die Freude der Siege teilen. Mit ihm, immer mit ihm!

VI

Nina ging beim freudigen Läuten der Osterglocken nach Hause und glühte vor Entzücken, und
weinte vor Glück und vor süßer Trauer. Den strahlenden Festfeuern, dem Winde, der sie mit
der Verheißung lenzlicher Wonnen anwehte, flüsterte sie die seligen, wahnsinnigen Worte zu:

»O, ich Glückliche! Auch ich war auf dem Wege nach meinem Emmaus, und auf meinem
verdüsterten Wege sprach mit mir er, der zu mir in Stille und Geheimnis kam, und ich, glückliche, glückliche Braut, fand ihn in meinem Emmaus!«